有爱的青春陪伴者

柠檬与蜜桃

不知火 著

孔學堂書局

图书在版编目(CIP)数据

柠檬与蜜桃 / 不知火著 . -- 贵阳 ： 孔学堂书局，2021.3

ISBN 978-7-80770-231-3

Ⅰ. ①柠… Ⅱ. ①不… Ⅲ. ①长篇小说－中国－当代 Ⅳ. ① I247.5

中国版本图书馆 CIP 数据核字 (2020) 第 210394 号

柠檬与蜜桃 **不知火 著**

NINGMENG YU MITAO

出 品 人：邓国超 李 筑

责任编辑：蒋红涛 胡 馨

责任校对：寇 辰 胡国浚

责任印制：张 莹 刘思妤

出　　品：贵州日报当代融媒体集团

出版发行：孔学堂书局

地　　址：贵阳市云岩区宝山北路 372 号

贵阳市花溪区孔学堂中华文化国际研修园 1 号楼

印　　制：长沙鸿发印务实业有限公司

开　　本：880mm×1230mm 1/32

字　　数：196 千字

印　　张：8.5

版　　次：2021 年 3 月第 1 版

印　　次：2021 年 3 月第 1 次

书　　号：ISBN 978-7-80770-231-3

定　　价：39.80 元

目录

CONTENTS

Part 01
多刺仙人球

龚屿汐看着身边这条正对着他“啊呜——啊呜——”叫的德国牧羊犬，眼神有点绝望。

想他龚屿汐，身高一米九，八块腹肌，在警校的时候就一直是标兵，虽然吧，做事是有点不靠谱，但再怎么样也不可能沦落到来驯狗吧？

驯狗就算了，警队的狗拉出去个个都威风凛凛，狗中龙凤。但他万万没想到，分到他手上的，居然是这么一只货色。

这条叫“种花”的雄性德国牧羊犬虽然才一岁，但已经留过四次级了，跟它一起的狗狗早已经穿上小马甲，跟着警队出去执勤了，可它……

它还待在警犬队吃吃喝喝，毫无上进。

大概是察觉到龚屿汐看它的目光有点不善，种花一偏头，朝他露出一个龇牙咧嘴的笑容，算是卖了个萌。

还是有点丑的那种。

龚屿汐头疼。

连丑萌它都没办法做好，龚屿汐觉得他训好种花的日子遥遥无期。

他一口气还没喘匀，一转头就看到种花撅着个屁股在翻垃圾桶。他好不容易才没有跳的青筋又欢快地跳了起来！

狗改不了吃那啥，还真是真理！

龚屿汐见训练种花出不了什么效果，于是带它来地铁站找感觉，希望它能看到其他认真工作的“狗同事”，认真反思自身。

但很显然，这种想法，只是“龚爸爸”一厢情愿而已。

他一把拉住绳子，强行将种花拉过来。眼见它还对着垃圾桶恋恋不舍，他伸出手，将它的狗头扭过来，让它正视自己：“儿子，你是即将要成为公务员的狗，要时刻注意自己的形象。”

种花根本不理他，窸窸窣窣地将从垃圾桶里翻出来的一根没吃完的香肠“抱”在怀里。

其他警犬翻垃圾桶是为了找线索，它翻垃圾桶是为了找吃的！

训练了这么多天，种花都毫无起色。龚屿汐一想到临走前他们局长那张老脸，并且放下的那句“不训好就别回警队”的军令状，就心累。

然而，更让他心累的，还是他现在所有的职业理想都被套在一条傻狗身上。

种花在龚屿汐怀中蹦跶了两下，还非常自觉地用它的头去蹭龚屿汐的手。龚屿汐嫌恶地“噫”了一声，正想抽回手，就见种花抬起头来，“嗷呜”一声，眼睛眨也不眨地盯着不远处。

龚屿汐顺着它的目光看过去——

好了，这下“父子俩”都呆住了。

地铁站不知什么时候进来了一个身材高挑的大美女，长发飘飘，走路带风。地铁口的风将她的裙角吹起，她逆光站着，整个人自带柔光一般，看上去……龚屿汐想了一下，以他有限的汉语词汇，只想到一句：仙女下凡！

“仙女”鼻梁上架着一副巨大的墨镜，右手拖了一只拉杆箱，左手牵了一条毛色雪白的拉布拉多导盲犬，一人一狗，看上去和谐极了。

龚屿汐还没从仙女妹妹的盛世美颜中回过神来，手一松，种花已经挣脱了他的手，撒欢地朝着那只拉布拉多犬跑了过去。

“种花！”龚屿汐简直不忍直视。

贪吃好色，这是一个预备“公务员”应该具有的品质吗？

种花根本听不到他在说什么，围着拉布拉多犬又跳又叫，将自己的傻样完全暴露了出来。那个仙女一步也不敢上前，拖着箱子的手不自觉地收紧了，拉布拉多安静地伏在她脚边，一声也不敢叫唤。

“种花！”龚屿汐三步并作两步地跑过去，一把将种花的绳子攥在手里，强行将丢人现眼的它拉回来。

他对仙女笑了一下："没有吓到你吧？"

仙女摇了摇头，神色漠然。

龚屿汐脸上有点挂不住。

想他长相、工作、家庭各方面都不错，这还是第一次被女性这么冷淡的对待。不过想到是他失礼在先，对方又是个盲人，他也不好计较人家的冷淡："抱歉抱歉，是我没有拉好绳子。"

仙女摇了摇头，绕开他打算离开。然而才走了两步，种花又再一次控制不住，冲上去围着那一人一狗又跳又叫。

龚屿汐感觉他的老脸都要被这个狗儿子丢干净了。他一把揪住种花的脖子将它强行拉回来："行了，你还嫌你不够丢脸的吗？"

种花浑然不觉自己有什么丢脸的，它用行动告诉自己爸爸，把妹最重要！

种花挣脱开龚屿汐的手，绕着那一人一狗不住地叫唤。

仙女的脸色越发难看，她沉声说道："这位先生，麻烦把你的宠物牵好，公共场合，不要惊扰到其他人好吗？"

她声音冷冷的，好像山涧的泉水，有种沁人心脾的冷意。

她的神态也是倨傲的，带着一股让人不容易接近的高冷。

"抱歉，抱歉。"龚屿汐连忙过去抱种花，然而小兔崽子根本不顾他的意愿，强行要为了妹子抛弃他这个老父亲。

龚屿汐努力将它拉回来时，不期然地抬眼，看到仙女握着箱子的手。

手是好手，修长白皙，宛如葱白，但她的手却不自觉地微微颤抖，下意识地握紧了拉杆。

看上去，像是很害怕一样。

她害怕什么？

怕狗吗？

可是她身边明明有一条狗。

还是……她怕警犬？

一时间，龚屿汐作为刑警的敏感性被调动了起来。他站起身来，对那位仙女说道："这位小姐，我是警察，麻烦你拿出证件，打开箱子，配合一下检查。"

"你说什么？"仙女皱起眉头，有些不敢相信。

两人的争执引来了旁边执勤特警的围观，有个小伙子走上来，小声问道："龚队，怎么了？"

龚屿汐悄悄冲他摆了摆手，跟他一人一边，分守前后。

龚屿汐又将刚才的话重复了一遍："请这位小姐拿出你的证件，开箱检查。"为了怕对方不信，他将自己的警号报了一遍，"小姐，请你配合检查。"

"你说配合检查我就要配合检查？你总得给我个理由吧？"那位仙女的语气有点冲，一点都不好相处的样子。大概是没想到这人居然流氓成这样，先是用狗拦住她，接着又让她开箱检查。

龚屿汐能理解，他前后的行为合在一起的确像是别有用心，况且他工作也有几年了，安抚被检查人的情绪也算是有经验。他非常好性子地说道："这位美女，配合警方检查，是所有公民的责任和义务。"

那位仙女被他这么一提醒，总算是想起来了，她手伸进包包里摸了一会儿，从里面拿出自己的证件，递给龚屿汐。龚屿汐拿过来一看，发现她叫任苒。

任苒……他将这个名字放在齿间咀嚼了一下，将证件递给旁边的同事，让他拿去核验。

片刻之后，同事将证件递给龚屿汐，示意没什么问题。

龚屿汐将证件还给任苒，手才刚刚伸出去，她就一把将证件抢了回去。

动作快得一点都不像是盲人。

任苒将证件装回包里：“现在我可以走了吧？”

龚屿汐眯起眼睛：“麻烦你开箱接受检查。”

“你已经验过我的证件了，还要让我开箱检查？”任苒可能脾气不是很好，此刻的她显然已经在暴走边缘，“你是不是有病？”

“身体良好才能为人民服务，我们警队每年都有体检，小姐你大可以放心。”龚屿汐一板一眼地说完，还是重复道，“请开箱检查。”

“我开箱……”任苒被气笑了，“你这样做就是觉得我携带了什么危险物品了？我刚刚才下飞机，机场海关安检总比你们检查得清楚吧？你有什么好怀疑的？”

“小姐，你这种说法在逻辑上并不成立。”领导让龚屿汐到警犬队磨炼脾气，才三天时间，暴脾气龚屿汐已经被种花那只傻狗磨成老干爹了。

他循循善诱、谆谆告诫的样子像极了教导主任：“海关检查了你的箱子，只能证明你那个时候箱子没问题，但离开海关已经这么久了，不保证你的箱子现在依然没问题。”

任苒被他噎了个倒仰。

龚屿汐自觉逻辑严密，优哉游哉地补充道：“要想自证清白，最好的办法就是开箱检查。”

任苒咬牙切齿了一番：“好。”她点了点头，报出了龚屿汐的警号，“是这个对吧？”

她往旁边一走，风带起她的衣角，衣袖翻飞的样子，不管从哪个角度来看，都是一道赏心悦目的风景——当然，要是这道风景脸色好点儿，那就更好了。

面对这么个大美人，龚屿汐连个微信号都不能问，还要顶着“为人民服务”的名头得罪她。看来，他妈认为他将来会是个老光棍，不是没有道理。

龚屿汐在心里叹了一声，给身边的同事使了个眼色，两人一人一边，连带着一条从刚遇见任苒和她的狗开始就一直非常兴奋的狗，打开了那个箱子。

片刻之后。

任苒在旁边双手环胸，看着已经僵硬了的龚屿汐和他同事，冷笑道：“怎么样，警察叔叔，对这个结果还满意吗？”

箱子被打开，里面的东西映入众人眼中。如果说，红颜白骨是女妖精，那么这个箱子里装的东西还是……挺危险的。

箱子里东西不多，既没有炸弹，也没有管制刀具，更加没有毒品，除了几件贴身内衣和丝袜……没了。

内衣都是蕾丝的，若隐若现，看得出来很高档，穿在旁边这个大美女身上，效果肯定一流。丝袜透明，犹如蝉翼，如果再配上一双玉腿，定然高雅又性感。

然而现在龚屿汐和他同事都没有那个心情欣赏。

任苒见他们不说话，继续冷笑："怎么样？我是什么罪犯吗？如果随身携带贴身衣物也算罪犯，那世界上每个女人都是罪犯了。"

大美女声音清冷，如果不是语气尖酸刻薄，那就更好了。

事情是龚屿汐挑的头，同事给他使了个眼色，示意他赶紧顶上。

龚屿汐对这种关键时刻出卖队友的人并没有什么好脸色，在他多番使眼色无果之下，他只能觍着一张脸，转过头来对任苒说道："任小姐，我们也是本着对公民负责的态度，还希望你能理解……"

"这位警官。"任苒笑着开口，"然而你们的种种行为在我看来，完全有理由让我怀疑，你是故意的。"

"穿着一身制服，"任苒面露鄙夷，"强行检查我的私人物品，你这种行为跟仗着公职性骚扰有什么区别？"

"不是，我只是例行检查，怎么就归结到性骚扰上面了呢？"龚屿汐觉得这个他就不能忍了。

想他龚屿汐，堂堂七尺男儿，从来只有人家骚扰他的时候，何曾来的他骚扰别人？

他觉得他的人格受到了极大侮辱。

“例行检查？”任苒像是听到了什么好笑的事情一样，指着他旁边那条还在蹦跶的傻狗说道，“你先是把这条狗放出来，纠缠一番之后又要开箱检查，你还说你不是故意的？我竟不知道我什么时候跟犯罪分子搭上边儿了。警察队伍里混进来几个人渣，你们怎么保护公民安全？最大的安全隐患难道不是你这种披着警服的色狼吗？”

短短几分钟，龚屿汐就从警察叔叔变成了色狼，他也压不住火了：“你说话放尊重一点儿。”

“这句话同样原封不动地还给你，希望你能自重点儿！”任苒的那两片嘴可能是刀子变的，上下翻飞之间，说出来的话简直可以把人噎死，“别动不动就来骚扰女性！”

“我骚扰你？”龚屿汐怒了，“美女，就算你长得好看也不能这么不顾事实吧？”

他一身正气，什么时候骚扰女性了？

任苒懒得跟他废话，冷笑着道：“行了，什么解释的话我也不想听，在我看来，那都是狡辩。”她掏出手机，“你们市长热线是‘12345’吧？”

说着，任苒就飞快地在手机上按了几个键。

龚屿汐见了，大惊失色。他想也没想，连忙扑过去：“等等等等，有话好说，你别投诉！”

如果让他家老局长知道他来了警犬队还这么不长进，他这辈子都别想回警队了！

任苒灵巧地躲开他的手，那张盛世美颜上露出一个温柔甜美的笑容：“不、行！”

龚屿汐拦住她，终于低头："美女，美女，姑奶奶，有话好说，有话好说，有话——"

"你干什么？"

龚屿汐这句话还没说完，就被任苒一声尖叫打断了，原来他在说话间，不自觉地碰到了任苒的胸。龚屿汐还没反应过来，就被人狠狠推了一把："谁是你姑奶奶！我没有你这样的孙子！"

她迅速地拨通了市长热线："喂，你好，市长热线吗？我要投诉，你们有个警察，在执勤的时候对我进行性骚扰，警号是……"

"你等等！"龚屿汐冲上去，想要把任苒的手机抢过来，"什么乱七八糟的，我什么时候对你进行性骚扰了？你话不能乱说哈！"

"我话乱说？"任苒冷笑着对电话那头说道，"接线员同志，你听到了吗？这个人现在还在威胁我。"

龚屿汐无语。

他不过是执个勤，怎么就碰上这种姑奶奶？

任苒将龚屿汐劈头盖脸投诉了一番，听到那边的接线员已经帮她转到市公安局了。任苒双手环胸，冲龚屿汐露出一个高贵冷艳的笑容，扔下两个字："垃圾！"说完就转身离开，连地铁都不坐了。

龚屿汐一脸愣怔。

他现在恨不得穿越回半个小时之前，把他放在任苒身上的眼珠子挖出来。

他再觉得这个麻烦精是个大美女，他就是脑残！

他低头看了一眼正因为被美女指了一下，现在还在不住哈气的傻狗，一巴掌扇在它脑门儿上。

丢人现眼！

都怪它！

“龚屿汐啊龚屿汐，你让我说你什么好？”本市公安局局长办公室里，一个头发花白的老者看着龚屿汐，满脸的恨铁不成钢，“你前脚才惹了事情，后脚把你发配到警犬队，你还不知长进。你什么时候才能成熟一点儿？”

龚屿汐顶着一张无语凝噎的脸，强行跟局长解释：“不是，这件事情怎么能怪我？

“我只是正常执勤，谁知道她会联想到性骚扰上面去？领导——”

“你还有脸说！”丁局长不等龚屿汐说完，就暴喝一声，“性骚扰！那可是性骚扰！龚屿汐，你还嫌我们公信力不够差是吧？这么多年好不容易建立起来的形象，又被你毁了。”

“不是领导——”

“有什么不是的？你还‘不是’呢。”丁局长冷嘲热讽，“你就算要检查，你拉到旁边去检查不好吗？大庭广众之下，人家姑娘不投诉你投诉谁？”

“我也没有想到——”

“你又没有想到。你又没有想到她箱子里装的是那些，也没有想到她会那么大的反应吧？”丁局长再次截断他的话，“那你能想到什么？你脖子上那玩意儿端着是干什么的？我调你去警犬队磨炼你的性子，这就是你磨炼的效果？”

龚屿汐不说话了。

他不说话丁局长反而更生气了：“丧着脸干什么？说话！”

龚屿汐牙疼似的咧了咧嘴：“不是你不许我说——”

眼见丁局长眼睛鼓得像只铜铃，龚屿汐立刻转变口风：“好好好，行行行，都是我的错，我的错行了吧？我处理事情没有考虑周全，我没有办好，我的错我的错。”他顿了顿，“但是丁局，你可不能因为这件事情就延长我在警犬队的时间啊，该把我召回来还是要把我召回来的。”

丁局长冷笑一声：“还敢跟我讨价还价？”

龚屿汐秒懂，抬起手，十分诚恳地发誓：“我一定，一定把这件事情办好，绝对不给警队抹黑。”

龚屿汐从丁局办公室出来，看着他老人家门口那个硕大的“局长办公室”名牌，长长地叹了口气。

然而一口气还没叹完，他电话就欢快地响了起来。

龚屿汐看了一眼来电显示，顿时觉得头更痛了。

他深吸一口气，仿佛是个要去演胸口碎大石的杂技演员，将电话接了起来：“妈。”

“儿子，”电话那头传来龚妈妈喜气洋洋的声音，偶尔夹杂着几声鞭炮响，“听说你被刑警队开除了？开除好开除好，那你什么时候回家来继承家产？你爸刚刚在印度尼西亚买了个岛，打算带我去那儿住一段时间，你回来了我们正好腾出手。”

龚屿汐听了，咬牙切齿地说道：“不是被开除，我只是被调岗！”

从刑警大队副队长训人的角色变成现在警犬队驯狗的角色！

虽然训练对象变了，但是本质一样都是为人民服务好吗！

而且，他还是有机会重新回到警队的！

“哎呀，都一样都一样。”龚妈妈还是比较关心核心问题，“你什么时候回来继承家产？”

她话音刚落，电话那头就传来一个中气十足的声音：“老婆，我已经把鞭炮放完了，继承人晚宴的地点我已经让周助理拟好了，你看看。”

龚屿汐无语。

他不过是从刑警队到了警犬队，他的亲爹亲妈就这么高兴吗？

有对天天阻止他为人民服务、指着他回去继承家产、强迫他走资产阶级道路的父母，他能说什么？

本市知名富二代、前市刑警大队副队长、现警犬队教官龚屿汐快速地挂了电话。

世界终于清静了。

他站在丁局办公室门口，一时间觉得前路迷茫。

玫瑰带刺。

那位任苒小姐很明显没有他这种深入基层、密切联系群众的精神，高贵冷艳，一点儿都不随和，一看就是走小资产阶级路线的人。

他是个共产主义战士，在政治路线上都跟任苒大不相同，当初怎么就觉得任苒好看呢？只能说，任大小姐美颜盛世，连他这个坚定的共产主义战士都被美貌的糖衣炮弹迷惑了一下。

龚屿汐反思了一分钟，觉得自己没有被美色所惑，非常对得起身上这身制服。他真是个意志坚定的共产党员，于是心满意足地去处理任苒这件事情了。

另一边，任苒在拒绝了好几辆不怀好意、大献殷勤的私家车后，好不容易才招到一辆正规出租车。她把导盲犬沾沾送上去之后，自己就提着箱子钻进了出租车。

她才跟司机师傅报了地名，电话就响了。

专属铃声在车厢里响起，她不需要去看就知道是谁打来的。

任苒一扫之前的坏心情，将电话接了起来："喂？"

那边传来一个男人温润的声音："到了吗？"

"到了。"任苒的声音听上去很冷静，一点儿也没有刚才面对龚屿汐时的气急败坏，"才刚刚坐上出租车呢。你那边是晚上了吧？"

他们隔着好几个时区，那边应该已经是深夜了。

对方没有应答，只是笑了一声："路上还顺利吗？"

"顺……"原本是不想让他担心的，可是任苒话到嘴边，后面的那个字她怎么都说不出口。

察觉到她的小情绪，那边轻笑起来："怎么了？碰上麻烦了吗？"

任苒没好气地说道："碰上个色狼，还是个穿着制服的色狼。"

“那你肯定已经解决了。”

他的话里虽然满满都是对任苒的肯定，然而任苒却听得心头火起。她想也没想就说道：“你就一点儿都不担心我吗？”

那边好像是觉得她这话有些孩子气，笑起来：“你不需要我担心啊。”

不需要……

任苒原本接到他电话时的雀跃，瞬间消失殆尽。她扯了扯嘴角，露出一个似笑非笑的笑容：“行吧，那你赶快睡觉，我快到了。”

既然对方从来都觉得任苒不需要担心，她说得再多，表现得再娇弱，也换不来对方的一句话。

事实上，他能在那边深夜打个电话来问一声，已经算是尽到了他的责任。

毕竟……严格算起来，他们什么关系都不是。

任苒顿时没了兴致，意兴阑珊地跟他说了两句，挂了电话。

她瞥了一眼安安静静伏在她脚边的沾沾，悄悄伸出手，在沾沾的头顶上摸了一把。

嗯，柔软温暖，是条好狗。

沾沾被她突如其来的亲近吓了一跳，抬起一双湿漉漉的眼睛，愣愣地看向她，好像在问：你干什么？

嗯，端庄温柔，比今天那条瞎蹦跶的狗好太多了。

可是，即便是这样，任苒还是悄悄地坐了起来，不动声色地跟沾沾拉开了距离。

狗狗什么的，是很好，但是——她怕狗。

尤其怕狗动起来。

沾沾要不是那个人送的，她连沾沾都不想带呢。

任苒怕沾沾再动，坐直了身体，一副正襟危坐的样子。她才刚刚坐好，电话就响了。

铃声不是专属的，应该不是刚才那个人打来的。任苒现在也不方便看，直接将电话接起来：“喂？”

“任苒小姐吗？”

电话那头传来的声音让任苒猛地翻了个白眼：“你又想干什么？还嫌投诉不够吗？”

龚屿汐冷笑一声，顾不上“不跟女生计较”的准则：“小姐，你投诉我，我身为警务人员，当然是要来跟你解释清楚的。”

仿佛是看穿任苒在想什么，龚屿汐解释道：“你放心，电话号码不是我动用公权找到的，而是市长热线那边有记录，我问的那边的工作人员。他们留投诉人的电话，是方便我们跟当事人沟通。”

任苒到了嘴边的话被龚屿汐堵了个正着，她再次翻了个白眼：“你想怎么跟我沟通？你该不会是要说，狗是你无意中放出来的，也是狗让你有了错误的判断。要怪只能怪狗，不能怪你？”

被抢白了所有台词的龚屿汐一愣。

他低头看了一眼匍匐在他脚边，正满脸期待，好像看到电话就能看到电话那头的女神的种花，一巴掌扇到它耳朵上！

废物！

丢人现眼！

丧德败行！

“嗷呜……”

种花被龚屿汐一个巴掌扇得低下了头，伏在他脚边抽抽搭搭，一副小媳妇儿样子。

算了。龚屿汐叹气，他不跟一条傻狗一般见识。

任苒也听到了种花的叫声，冷笑一声：“这位警官，你大可不必如此作态——”

“小姐，到了。”

前面传来出租车司机的提醒声，任苒看了一眼，没着急下车，而是继续说道：“投诉我已经投了，指望我撤回来，那是不现实的。事实上，有些人人如其狗，实在不堪身上那身制服。我虽然不知道你以前用这种办法骚扰过多少女性，但是起码，这一次，我不会再让你逍遥法外。不管是什么样的处分，只要有，我都高兴。”

她冷冷地丢下这么一句话，掏出零钱，下了车。

龚屿汐看着重新亮起来的手机屏幕，气得差点儿把电话扔出去。

什么叫“人如其狗”？

他龚屿汐跟身边这条好吃懒做、贪财好色的傻狗完全不一样好吗？

任苒长了一张天使面孔，但本人真是太讨厌了！

任苒下了车，想了想，借着微弱的光，将手机里龚屿汐的电话号码拉进了黑名单。

自己做错了事情，还想要让她把投诉撤走，他怎么想得那么美呢？

她没好气地将电话扔进包里，转头看向此刻伫立在她面前的这幢高耸的建筑。

这里，就是她未来几个月，要住的地方。

任苒牵着沾沾，拖着行李箱朝着公寓走去。她绝大部分东西，早在回来之前就寄回来了，要不然她从英国回来，万万不可能只有一个箱子这么轻松。

只要一想到箱子也被人开过，她心情就有点不好。要不是好多年没有回国，她现在又是这种情况，怕自己坐车不安全，她才不会大费周章去乘坐公共交通呢。

然而，这点儿心情不好，在她打开公寓大门时，瞬间消失不见了。

里面已经布置好了，各种 SD 娃娃随处散落，还有不少未完成的作品，都被人错落有致地放在公寓的各处。摆放位置看似漫不经心，其实别具匠心。不用问，这一定是她那个好助理的手笔。

任苒虽然看上去年轻，但在娃娃圈的年月已经不少了。她算是近几年来冒出的娃娃制作大师了，因为那人牵线搭桥，让她有机会跟娱乐圈沾上边，给几个女明星定制了私人娃娃，这才让她声名鹊起，身价跟着水涨船高。

任苒放开沾沾的绳子。被圈在她身边的沾沾终于有了自由，撒丫子狂奔到阳台上，好奇地东瞅瞅西看看。

任苒放下行李和包包，换了鞋子，又把眼镜摘了下来。

她回来之前眼睛不小心被撞到了，虽然青紫和红肿已经消下去了，但是还不怎么能看得清楚东西，尤其是在强光底下，这才在外面戴着墨镜。要不是这次任务特殊，她也不会带病回国。

她刚刚进门，电话就响了起来，听声音，应该是她那个无所不能的小助理打过来的。

任苒接了起来：“喂？”

“任苒姐，你到了吗？”小助理的声音喜气洋洋的，“明天早上十点，别忘了，普化那边邀请你去参加宴会。我们早上八点钟过来接你吧。”

普化就是这次花了大价钱，专程请任苒回国，制作娃娃的那个客户。

不久之后，就是普化和他太太的结婚纪念日。普化是知名画家，很是讲究，所以专门邀请任苒回国，以他太太为原型，制作一个娃娃。

任苒轻轻应了一声“知道了”，就淡淡地挂了电话。

她这个人，对待不熟悉的人，一贯冷淡高傲，加上本身也有几分资本，即便养成了目下无尘的性格，也没人敢说她什么。

她走进屋，坐在沙发上。

任苒即便是放松，背也挺得笔直，不管从前面后面看过去，都会被人赞一声：好风景！

“好风景”坐了不到两分钟，电话再次响起。她没有多想，直接接了起来，还没有说话，就听到电话那头传来龚屿汐那对她而言已经很熟悉的声音：“任苒，我真没有性骚扰你，你能——”

任苒面无表情地掐断了电话。

神经病。

“神经病”龚屿汐看着换了个号码依然被掐断的手机，心态有点不好。

有些大美人，知道自己性格这么讨厌吗？

“嗷呜嗷呜……”

膝盖上伸出一个毛茸茸的脑袋，龚屿汐直接被它吓了一跳。种花立刻偏头，朝龚屿汐露出一个缺灵魂短智慧的傻笑。

那傻笑看起来实在不够“高档”，直接把龚屿汐忧伤了个半死。

他捂着胸口，深深觉得自己这辈子恐怕都不能让种花顺利地从警犬队毕业了。

种花根本就没有意识到龚屿汐在想什么，以为他总算理自己了，立刻兴高采烈地蹦跶起来，欢快地在原地追着尾巴转圈圈。

龚屿汐叹了口气，内心突然有种给种花测测智力的想法。

要是……它真的是个狗中智障，训练不好它，那也不是他龚屿汐不行啊。他趁早拿着检验报告去找丁局，告诉他自己没办法让智障考上“清华”。

龚屿汐怀着老父亲看智障儿子的心，看着种花在他面前撒欢，再次为自己的职业道路感到担忧。

他一口气叹得百转千回，看到种花傻不拉几的样子，越发糟心了，干脆一把拉过它："儿子啊，美女固然好，但是你现在连个工作都没有，你怎么跟人家相处啊！给女人幸福是需要资本的，你最起码有了事业再去谈家庭吧？当公务员多好，体面稳定，虽然比起那些做生意的是没有多少钱，可是丈母娘喜欢啊。"

龚屿汐一想到那个叫任苒的"丈母娘"那副臭脾气，瞬间就没了兴致，改口道："当然，丈母娘我们也不能找那种脾气很坏的，要不然将来你们夫妻生活不幸福，小心她连你们生几胎都要管。"

龚屿汐说完任苒的坏话，顿时心情好多了。就见种花伏在他膝盖上，瞪大了一双狗眼，"嗷呜嗷呜"地叫着，看上去很是着急。

"什么？"龚屿汐偏头，"你说你就喜欢它？可是那也不行啊，人家一看就是白富美。儿子，你这样的无业游民还是算了吧。"

种花很明显不能接受它爹给它整的这个定位，"嗷嗷嗷"地叫起来。龚屿汐心领神会："你不想承认也没办法，现实摆在这里，除非……"

他故意顿了顿，种花立刻抬头看向他。他唇边露出一丝似笑非笑的笑容，补充道："除非你考上公务员，没准儿你家白富美一高兴，你丈母娘就同意了呢？"

种花一听到"公务员"三个字就两眼一翻，眼看它又要表演当场去世，龚屿汐一把拎起它的狗耳朵，把它拖着往外走："走走走，出去训练。"

种花死死地把自己的身体趴在地上，可是没用，光滑的大理石地板摩擦力少得可怜，种花就这么被龚屿汐拎着耳朵拖了出去。

种花愤怒地在龚屿汐手中“嗷嗷”——

这些可恶的两脚兽！

这次龚屿汐有没有跟种花的脑电波沟通到不知道，但他现在面对他的狗儿子感觉到了前所未有的挫败。

在第不知道多少次，种花无视他的命令，将一个花里胡哨的球叼回来之后，龚屿汐终于忍无可忍发了火：“你耳朵是不是摆设？是不是听不懂人话？”

种花被他吓了一个趔趄，耳朵耷拉下来，“嗷呜”一声，表示它的确听不懂人话。

龚屿汐无奈。

算了算了，给孩子辅导功课，当家长的就是要佛一点儿。

他反复深吸了几口气，告诉自己不要跟一个智障计较，转眼就接到了他亲娘打来的电话。

龚屿汐叹了一口气。

他这几天可能是没有看皇历。

然而，父母召唤，不敢不接。龚屿汐定了定神，做好被他妈喷一场的准备：“喂，妈妈。”

“欸，儿子，”龚妈妈喜气又高兴的声音从电话那头传来，“你现在调到警犬队了，没那么忙了吧？你堂姐夫明天请我们过去，参加他的生日聚会。明天早上，你陪妈妈一起去做造型哈。”

说完，也不等龚屿汐回答他究竟是忙还是不忙，“啪叽”一声，挂了电话。

龚屿汐一个“加班”还没有说出来，就这么被他亲娘给堵了回来。

亲娘者，果然是他不能违拗的对象。

龚警官深感戚戚。

Part 02
呛口小辣椒

龚屿汐用一种“智商250”的表情看着他们家龚太太换第十个造型，再次觉得，给广大妇女同胞开发一个换装APP刻不容缓、迫在眉睫、功在当代、利在千秋！

龚妈妈浑然没有注意到他的表情，喜滋滋地将老龚刚刚拍下来的钻石耳环往耳朵上挂：“龚屿汐，你说你爸，也真是的，每次买钻石都买这么大的，我都说了我不喜欢太大的钻石了，可他还买，真是没品位。”

龚妈妈眉开眼笑地把不在场的龚爸爸数落了一道，侧头看了看耳朵上那颗熠熠生辉的钻石，转过头来给龚屿汐看：“儿子，好看吗？”

龚屿汐：“好看……”

女人的虚荣心，真是让人无话可说。

一只丰腴细嫩的手“啪叽”一声拍在了龚屿汐的狗头上，龚妈妈喝道：“还愣着干什么？赶快去给我换衣服！”

“还换？”龚屿汐大惊失色。当他是“奇迹暖暖，环游世界”吗？他都已经换了六套了，恕他直言，除了西装颜色和材质不一样，他并没有看出太多的不同来。

“废话。”龚妈妈强势道，“不一样的衣服要提不一样的包，你到时候跟我一起出场，造型跟我不搭怎么行？”

龚屿汐懂了。

搞了半天，他以为他自己是个人肉测评机，其实不是。

他是个真人配饰。

作用形同街拍照片中，女明星手上的娃。

只不过碍于身高体重，他妈现在抱不动他而已。

只能牵着了。

跟他一起被牵着的还有种花，这也是龚妈妈要求的。因为她觉得，牵条狗的龚屿汐看上去更加有绅士风度，虽然他自己并不觉得。

但种花倒是很开心，作为一条肤浅又虚荣的狗，稍加打扮就能让它沉迷于自己伪装出来的盛世美颜中，一点儿都找不着北。

龚屿汐看着种花冷笑了一声，对它的无知表示了轻蔑。

种花抬起脚，穿着它昂贵的西装，撒了泡尿。

“啊——天啊——”龚妈妈尖叫起来，“龚屿汐，你训练了这么久，还没有教会它不要随地大小便吗？”

龚屿汐翻了个大白眼。

他妈对他的工作可能有些误解。

他是警犬驯导员，又不是宠物驯导员。

好不容易把种花这个老流氓清理干净了，龚屿汐给它包了个纸尿裤，这才牵着种花，跟他妈一起上了车。

种花上半身衣冠楚楚，下半身穿着个纸尿裤，造型非常猎奇。它自己也感觉到了，突然从黄金贵宾变成了现在的非主流，它感觉自己老脸都要丢光了，从上车开始它就一直用前爪捂着它的脸不许人看。

“行了吧儿子，”龚屿汐毫无人道主义精神，一边对着种花冷嘲热讽，一边掏出手机来对着它“咔嚓咔嚓”，“你本来就没脸，工作还没有呢，知道吧，就业歧视无处不在。你这个打扮太猎奇了，不行，我得发到朋友圈。”

种花把脸捂得更紧了。

龚屿汐飞快地把种花的照片发到了朋友圈，编辑了一行字，写着：绅士和婴儿的结合。暗讽男人的另一面是婴儿，充满了批判主义精神。

他刚点下“确定”，还没来得及看发送出去没有，手中就一空——手机被龚妈妈抢了。

龚妈妈将手机收起来，不满意地说道：“我早就说儿子不贴心不靠谱，还是闺女好，这会儿肯定不会想着看手机。”

“龚太太，闺女固然好，但是你就没有想过，假如你生个快一米九的闺女，她将来找对象怎么办吗？”龚屿汐觉得，他妈目光真是太短浅了。

龚妈妈撩起眼皮看了他一眼，悠悠说道：“可是我生个儿子他现在也没有对象啊。”

这话仿佛一记绝杀，杀得龚屿汐顿时闭了嘴。

跟妈妈辈的中年女性犟嘴，很明显是不明智的。

龚屿汐再次谨记。

好不容易到了宴会场，龚屿汐一手捧着种花，一手拉着龚妈妈，从他们家那光可鉴人的加长豪车上下来。

他们到的时候，宴会场上已经来了不少人。原本正挽着普化的手，跟几个人有说有笑的龚玥看到他们来了，连忙放开普化，笑着走上前去：“婶婶，屿汐，你们来了。”

龚玥正是龚屿汐的堂姐。

她三十多岁，肤白貌美，笑起来颊边还有两个小小的酒窝，神态动作，好像猫一样，看上去慵懒又有风情。

很少有男人能逃得了她这一套。普化年轻的时候号称“浪子”，他们这些搞艺术的，通常不忘在搞艺术的同时撩姑娘，有个从一而终的都是怪胎，仿佛艺术创造力的丰寡，跟他接触到的姑娘的多少有什么不好明说的联系。

如果从这个角度去看，普化这些年来身价大涨，不是没有道理。

但浪子终究有一天也在龚玥身上折戟沉沙，心甘情愿被碾死在沙滩上，足见龚玥的魅力。

龚玥看了看龚屿汐母子身后，随即笑道：“叔叔没来啊？”

“你叔叔有事情。”龚妈妈笑得毫无破绽，“他让我们祝贺普化生日快乐。来，这是我们选的礼物，你看喜不喜欢。”

龚妈妈从龚屿汐手中拿过盒子打开，里面是一对水晶摆件，颇有情趣，但也不太出挑。

龚玥看了一眼，笑着说道：“喜欢，当然喜欢了。”她将东西交给助理，拉着龚妈妈朝人群中心走去，“走吧，王总他们等你很久了。”

这种场合，龚屿汐一向是不喜欢去的，他正要想方设法撤走，可龚妈妈的手好像焊在他手上一样，让他挣脱不得。

龚妈妈用威胁的眼神看向他：去不去？不去弄你。

龚屿汐站在原地：不去不去就不去。

母子俩正在暗自较劲间，大门再一次被打开。

突然之间，龚屿汐感觉眼前好像突然间亮了不止一倍。

门外天气正好，那人逆光走进来，风将她精心卷起的长发吹起，露出光滑细嫩的皮肤，身材高挑，四肢细长，手足腕都纤细得令人发指。她美得好像加了滤镜的广告女模特，连身边的空气都是玫瑰味儿的。

她穿了条银蓝色的流光流苏短裙，长发披在肩上，戴着一副硕大的墨镜，把脸遮住了大半。她手上牵着一条雪白的拉布拉多犬，正是任苒和沾沾。

怀中的种花已经迫不及待地叫起来了，龚屿汐手一滑，种花这个死不要脸的就连忙挣脱了他，撅着穿着纸尿裤的腚，跑到沾沾面前献殷勤去了。

“种花，快回来！”不等它靠近沾沾，龚屿汐就一步上前，一把将它捞进了怀里。

种花在他怀中不住地“嗷呜”，还不忘跟沾沾打招呼，媚眼抛得简直叫人没眼看。

刚才那么一出，龚屿汐就是想装作不认识她也不行了。他轻咳了一声：“任小姐，你好，又见面了。”

任苒还是那股一开口就让人想打她的调调：“托龚警官的福，我还好。”

龚屿汐语塞。

不行，跟任苒在一起，必须要熟记“男女交往准则首条”——就是不能殴打好看的异性，哪怕对方再可恶也不行。

龚屿汐把这个准则默念了十遍，觉得自己面对任苒时的耐心值增加了不少，这才开口：“那很荣幸了。”

不知道是不是龚屿汐的错觉，他总感觉墨镜那边，任苒附送了他一对硕大的“卫生球”。

“你们认识啊。”龚玥性格本就圆滑，这些年来跟在普化身边，更是锻炼得八面玲珑，长袖善舞，见到任苒跟龚屿汐在打招呼，连忙走上前来问道。

任苒立刻转过头，那样子好像承认跟龚屿汐认识就能要了她的清白一样。

龚屿汐不知道自己什么时候跟污染源种花一样了，但面对任苒，他又不好跟她一般见识，只能挤出一个笑容，咬着后槽牙告诉龚玥：“有过一面之缘。”

“哦。”龚玥是个人精，当然看得出来龚屿汐和任苒之间的暗流涌动。她虽然不知道为什么，但还是尽心尽力地介绍，“这位任小姐，是你姐夫专程请过来给我们结婚纪念日做娃娃的，她可是他们那一行的大师。屿汐，你可不要怠慢了人家。”

龚屿汐连忙表示：“岂敢岂敢。”

他工作出了点儿小纰漏，任苒都能打市长热线投诉，他要是再怠慢了她，任苒可能要去他们单位静坐示威了。

龚玥说完，又转过头来对任苒说道：“任小姐，这位是我的堂弟，龚屿汐，智美集团就是他爸爸的产业。”

任苒脸上露出一个皮笑肉不笑的表情：“原来是智美集团董事长的公子，幸会幸会。”

她笑得实在太假，龚屿汐看不过去了。正好龚玥刚走，他连忙问道：“你不是说你刚从国外回来吗？”这都知道？老头子的产业已经做得这么大了？

任苒马上表示他想多了：“社交礼仪而已，难道我要说我不知道吗？”

龚屿汐这就放心了。

他最多只能当个本土富二代了，一旦老龚走了国际路线，就不太利于他为人民服务。

龚屿汐不知道，他在任苒眼中已经被划到“神经病”那一栏。很明显，任苒不想跟他继续费话，正要离开，一个中年男人拦在了任苒面前。

“这位小姐看上去有些眼熟，不知道是不是在哪里见过？”

这个开场白一出，龚屿汐就喷了。

都这个年代了，还有人沉迷《红楼梦》呢？

任苒很明显不想理他，想绕开他走。可能是任苒那个蛤蟆镜把她脸遮住了，叫人家看不见她真正的脸色，她才刚刚一动，那个男人就又凑过来，拦住了她的去路。

他将酒杯端到任苒面前：“小姐，你还没有回答我的话呢。”

“你——”

“先生，她有男伴了。”眼见任苒额头青筋乱跳，又要咬人，龚屿汐连忙过来，半揽着她，冲对方露出个相当礼貌的笑容。

他个子够高，平常锻炼也没有拉下，加上长期跟犯罪分子斗争，似笑非笑的时候，看上去很能唬人。

对方一见他，立刻识相，连忙撤了。

等到对方走了，龚屿汐才放开任苒：“看吧，我也不是你想的那么差的。”

他刚才揽住任苒的时候，身体可是一点儿都没有碰到任苒的肌肤，如果他真的是色狼，怎么会放弃这么好的机会？

龚屿汐自觉自己已经够诚恳了，任苒肯定能发现是她曾经误会了自己。就在他脑补任苒在他面前痛哭流涕、跪地忏悔的样子时，她冷哼一声：“打个棒子，再给一颗甜枣，不是你们这些花花公子经常做的吗？”

嗯，很好，人民警察龚屿汐又从“色狼”进阶到了“花花公子”，谁的格调更高，还真不知道。

龚屿汐抿了抿唇，再次决定好男不跟女斗，不和任苒一般见识。眼见她要走，龚屿汐犹豫了一下，最终还是叫住了她：“欸……任苒……”

任苒回头，没好气地答道：“什么事情？”

“你……”龚屿汐指了指她露出来的大片肌肤，“你……要不要，穿件衣服？”

她那条裙子，正面看是挺庄重的，但是背面看过去，大片雪白肌肤都裸露在外面，好身材自然一览无余，但也让她身上被迫黏上了几分放肆的目光。

任苒没有想到他居然是来说这个，当即脸上有点挂不住。还没等她想好怎么怼龚屿汐，他已经大步走过来，将自己的外套脱下来，披在了任苒身上。

“我先说好啊，”在她开口之前，龚屿汐抢先道，“我只是出于人道主义，今天谁在这里我都会帮忙的，不用感谢我。”

他倒是自我感觉良好。

任苒用墨镜看了他两眼：“你不怕我说你是色狼？”

“说得好像你没说过一样。还有，”龚屿汐说，“什么叫我‘怕’你？搞清楚哦小姐，男子汉大丈夫，要怕只怕老婆，龚氏家训，几代如此。”

笑话，不是谁都值得他怕的好吧？

要不是她那个投诉电话影响他回警队，龚屿汐才不管她呢。

任苒拢了拢身上的衣服，不知道怎么的，顿时没有了艳压的心情，端过杯子跟龚屿汐碰了一下：“那真是谢谢了。”

“咦？”没想到有生之年还能从任苒口中听到这两个字，龚屿汐立刻惊讶了。

任苒不满道：“你那什么表情？”

“任小姐，”龚屿汐强行忽视掉自己内心那一点儿没来由的不适应，一脸郑重地说，“我以为你对你的脾气多少还是有点数的。”

任苒能平安长这么大，肯定是因为大家看在她长得好看的份儿上不想打她。

“我脾气是不太好，”任苒见他不肯碰杯，自己端起杯子来喝了一口，“但最起码的礼貌还是知道的。”

龚屿汐一时之间不知道该说她是没有自知之明还是太有自知之明。

“不是，”他对任苒突然生出点儿好奇，“你们这些当美女的，性格都这么……呃，这么变幻莫测吗？”

刚才还跟他剑拔弩张，这会儿又能跟他碰杯喝酒了。

美女们的脾气都这么难以捉摸吗？

任苒被他这句话逗笑了。她不笑的时候一副冰山美人的样子，一旦笑起来，有种云破月来的惊艳，正好他们站在阳光下，太阳打在她的脸上，就跟加了柔光一样，瞬间让人穿越到了韩剧当中。

龚屿汐不由得看呆了。

但马上他就回过神来，默念了几遍“色即是空，空即是色”，强行将这具红颜枯骨从脑子里面赶出去。

任苒是个什么脾性他又不是不知道，要还是为她表面所惑，他就不配当一个优秀的共产主义战士了。

他连忙闭上眼睛，仿佛这样就能把任苒从他面前赶出去。

任苒倒是没有察觉到他在想什么，而是自嘲地说道：“你干脆说我性格阴晴不定呗。”

她转头，望了一眼正在人群中长袖善舞、到处交际的龚玥，将酒杯端到腮边：“你堂姐不也是大美女吗，你去问她不就知道了。”

“我堂姐……”龚屿汐开了个头，后面就没有说下去了。

任苒听了，自嘲地笑起来：“是啊，你堂姐温柔善良，又识大体，肯定跟我性格不一样。”

龚屿汐不好说他们家跟龚玥的恩怨情仇，倒是从任苒话中捕捉到一丝异样来：“等等，你这话什么意思？你跟我堂姐，你们……”

龚屿汐的手指在任苒和不远处的龚玥身上来回滑动，脑中瞬间补全了几个虐恋情深的戏码。

龚玥性格温婉——不管是装的还是真的吧，反正外人看她是很温婉没错了——肯定跟白月光差不多。任苒脾气暴烈，清高自傲，也就是朵红玫瑰吧。这一白一红，都是大美人，不知道哪个男人有这么好的福气，可以拥有这样的大美人。

任苒很明显没有龚玥会做人，感情上必然要吃很多苦，就算她再好看，也没哪个男人愿意天天忍受她这样的脾气。听她刚才那句话，里面充满了不甘，看样子，她喜欢的那个人还是没有把她放在第一位。

红颜易折，概莫如是啊，啧啧……

“醒醒，醒醒。”任苒伸出手，在龚屿汐面前晃了晃，“你脑子里面在想些什么？”她端起酒杯喝了一口，“我跟你堂姐可没什么关系啊，不是你想的那样。”

她说这话的时候，脸一直面向龚玥，视线牢牢锁定在龚玥身上，说两个人不是情敌，都没人信。

龚屿汐不想跟她继续争辩，从善如流地说道：“行，你说不是就不是吧。”

两人脚边的两只狗不知道什么时候不见了，他们也没顾得上去找。反正有服务生，也不用害怕找不到狗狗。

龚屿汐将身体靠在栏杆上，就听到身边的任苒问他：“富二代，你怎么不去继承家业，反而跑去当警察啊？”

“说得好像当警察不如当富二代一样。”龚屿汐就不太能听得惯他们这种口气了，“自我实现不可以吗？非要把理想跟那些东西扯一起。”

任苒张了张嘴，正想说什么，龚屿汐就像是早就猜到了她要说什么一样，说道：“打住啊，我知道你想说什么房贷车贷什么的，我没办法嘛，我爹能赚钱，我不需要自己买房买车，你总不可能让我明明有房有车还要朝着这方面奋斗吧？钱我这辈子已经不可能挣得比我爹多了，但是我可以从其他地方超过他。人生价值的自我实现，又不是只有挣钱那么狭隘的一条路。”

他说完，冲任苒点了点头：“是吧？你说。”

任苒被他逗笑了：“你倒是想得通透。”

“没办法，儿子总不能比老子弱太多。钱我是不能挣得比他多了，争取在其他地方超过他吧。”龚屿汐喝了口酒，“比如抓犯人什么的。”

“抓犯人？”任苒惊讶了，她没想到，她才刚刚对龚屿汐的印象有了点儿好转，马上他就给自己来了这么个惊喜，“你不是驯狗的吗？”

“什么驯狗的，什么驯狗的！”龚屿汐跳脚，“我那是临时调岗，临时的，你懂吗？”

“懂。”任苒点了点头，“就是你犯了错，领导把你弄到这个岗位上来嘛。难怪你追着我打电话，要我把投诉撤销。”

原来是因为关系到他的考核。

龚屿汐被她一眼看穿，叹了口气，将身体靠在栏杆上：“没办法，上次任务我犯了错，让整个警队长期以来的布置付诸东流，领导让我去警犬队磨磨性子。”

龚屿汐自己也无话可说。毕竟是他冒进了，当时在会上让他做了检讨，临时调岗，没把他长期调到警犬队已经是领导网开一面了。

他今年二十六岁，从公安大学毕业才四年，因为学校好，分数高，毕业就被分到了市公安局，三年就到了刑警队副队长的位置，之前的人生旅途几乎可以用“一帆风顺”来形容。大抵是没有经历过什么磋磨，龚屿汐的脸上全是意气风发的锐气，叫人忍不住向往，也忍不住想要保护。

保护他什么呢？

保护他一辈子这样充满锐气下去。

任苒心中一动，“欸”了一声：“要不然，我把这个投诉撤销了吧。”

“真的？”龚屿汐猛地回过头看向她——一不留神转头太凶猛，脖子扭到了。

龚屿汐痛得皱起眉头，但又惦记着刚才任苒那句话，可怜巴巴地看着她，唯恐她说假话。

“当然是真的了。”任苒喝了口酒，默默地将后面那句话咽下去。

她可不骗傻小子。

像是怕龚屿汐不信一样，任苒掏出电话来，拨通了市长热线：“喂？你好，我之前给你们打过电话，投诉过一个警察对我进行性骚扰，现在发现是误会，他本人已经跟我说明了情况，我想把投诉撤销……是……是这样的……是……好的，谢谢。”

任苒挂了电话，拿着手机冲龚屿汐摇了摇：“说到做到。”

她突然之间变得这么好，让龚屿汐都有些不认识她了。他顿了一下，才端起酒杯跟她碰了一下：“多谢了啊。以后，以后工作作风会改进的。”

任苒笑了笑，没有作声，端起酒杯，一饮而尽。

宴会很无聊，全程除了看男女主人撒狗粮，没有任何内容。

不过，好在普化和龚玥还算是长相不错的了，尤其是龚玥，那可是圈子里有名的美人。但即便是这样，在普化讲述他们的恋爱经历时，任苒还是起了一层鸡皮疙瘩。

她冷眼看着台上笑得甜蜜的那个女人，很想问问对方，现在的日子，就是你想要的吗？你现在快乐吗？

然而，话到嘴边，任苒还是用一丝嘲讽取代了即将脱口而出的话。

龚玥费尽心机，好不容易才攀上普化，如今出行前呼后拥，大牌衣服送到家里，到哪儿都有人称她一声“普太太”，这样的生活不正是她想要的吗？

自己又何必再多事呢。

这么一想，任苒连继续待在这儿的欲望都没有了，她将衣服脱下来递给龚屿汐：“谢谢了。”

说完，也不等他回答，她抬脚就往外走去。

“欸。”龚屿汐叫住她。

任苒回头。

龚屿汐突然笑起来：“往后……可以给我个好脸色吧？”

任苒一下子笑起来，仿佛春花初绽。她偏头，阳光照在她脸上，浮着一片碎金：“当然了，为人民服务的警察叔叔。”

说话间，服务生已经把沾沾给任苒牵过来了，任苒拉着沾沾朝门外走去，一副将身后这些纷纷扰扰全都抛开的架势。

“嗷呜，嗷呜！”感觉有狗在蹭他的腿，龚屿汐低头一看，就见种花不住地跟他撒娇卖痴，一脸痴汉样。

“跟你女神玩这么会儿你就高兴成这样？你真是——你的裤子呢？”龚屿汐看着光着腚的种花，惊讶了。

种花抬起头，朝他露出一个意味不明的傻笑来。

看到它那个笑容，龚屿汐心里，突然升起一丝不太好的预感。

任苒没有让助理来接她，而是随便在街边招了一辆出租车，就拉着沾沾一起坐了上去。

她让沾沾靠进她怀里，难得温柔地摸了一下它的头，嘴上却嫌弃道：“你看你这是在哪儿搞的，到处都是草。”

沾沾像是听懂了，头一偏，露出一个甜美的笑容。

任苒也被它逗笑了，再次伸出手揉了揉它的脑袋。

她突然发现，好像接触一条狗狗也不是什么困难的事情。

正好电话响起，任苒一听铃声，就知道是谁打过来的。她接起电话，那头就传来那个熟悉到极点的声音：“苒苒。”

“我在。”

“在干什么？”

“刚刚去参加完普化的生日宴及秀恩爱现场，目前还在回家的路上。”她声音听上去极为平静，没有任何暴躁的情绪，好像在跟对方说的，是一桩跟吃饭一样普通的事情。

电话那头的人笑起来：“是吗？是遇上了什么有趣的人吗？我感觉你的心情好像很好。”

好吗？任苒自己没有觉得，不过倒是比以往轻松了不少。

她有一下没一下地摸着沾沾毛茸茸的脑袋，直把沾沾摸得快要打呼噜了：“我突然发现，好像接触狗狗，也不是什么很困难的事情，对我来说。”

“只要你放下心防，狗狗可以是你很好的朋友。”那边的人顿了顿，又问，“仅仅只是因为这件事情吗？”

不是吧……应该还有。

还有什么呢？

还有……一个傻子告诉她，他的人生价值跟他爸的不一样。人各有志，不一定非要成为父母那样的，或是别人希望你成为的那样的。

以前不是没有人告诉过她，但没有一个人，是如此身体力行地告诉她。

连带着她都可以不去计较龚屿汐和他的狗之前对她的无礼了。

任苒将话题岔开："我今天还看到了龚玥。"

那边的人沉默了一下。

不等他开口，任苒就继续说道："她看上去，春风得意，比我在你照片上看到的她，更有风情了。她丈夫对她不错。"

"是吗？"不知道是不是任苒的错觉，她总觉得，电话那头的人声音好像有些艰涩，"她自己选的，当然对她而言是最好的了。"

"那倒是。"任苒把这句话说完，两人之间都没有了话说。

顿了顿，电话那头的人才说道："行吧，你先去做你自己的，我先挂了。"

说完，就把电话挂了。

任苒盯着暗下去的电话屏幕，自嘲地笑了笑。

他们两个，究竟是谁更在意龚玥呢？

任苒觉得沾沾这段时间有点不对。

它看上去总是很困倦，做什么都提不起精神来。开始的时候任苒还以为沾沾是水土不服，可是后来一想，它都到这边这么多天了，这才水土不服，不觉得太晚了吗？

沾沾虽然文静，但文静跟倦怠还是有区别的。任苒思来想去，总觉得不太对，趁着这天自己事情做得差不多了，专程带了沾沾去看宠物医生。

“什么？”任苒看着对面那个医生，“它……它怀孕了？”

对面的医生是个年轻男孩子，长得有点小帅，见到任苒这种级别的大美女，还有点害羞，他点了点头。

怀孕？

任苒满脸不可置信地看着委顿在地的沾沾：“它、它几个月了？”

还几个月……帅哥医生有点黑脸：“四周了。”

“四周就能看得出来？这么快吗？不是要三个……哦，三个月是人。”任苒胡言乱语了一阵，突然像是想到了什么一样，“能打掉吗？不对，我是不是还要带着它去找那个罪魁祸首？或者，我先问问那个大坏蛋？”

帅哥医生一脸懵地看着任苒。

任苒急匆匆地拉着沾沾出去了，片刻之后，她又一阵风一样地回来了：“医生，现在能做那个什么，那个羊水穿刺，不是，可以验DNA吗？我得找到它腹中孩子的爸爸——”

帅哥医生终于发现，任苒虽然长得好看，但没一点儿常识，他简单干脆地伸出手，指了指旁边的门，示意任苒离开。

任大美女平生第一次在异性面前碰了钉子，愣了愣，自己抱着沾沾离开了。

她拉着沾沾走到马路上，叹了口气，蹲下身来，摸着它的狗头说道：“你放心，我一定会给你讨回公道的。”

她看了一眼沾沾明显隆起来的肚子：“渣男，不，渣狗的孩子，你不想生就不生，没有谁可以勉强你，我……我也不会让你被它拖累的，你放心。”

沾沾睁着一双大眼睛，看着任苒。

任苒站起身来，摸了摸沾沾的额头：“放心吧。”

说着，她迈开步子，带着沾沾走到街边，招了辆出租车，坐了上去。

龚屿汐的眼皮从今天开始就一直跳，跳来跳去，他家股票越跳越高。他待在警犬驯导营里也没跳出个什么灾来，除了……除了让种花叼这个，它叼那个。

看着在他面前蹦跶得很欢的种花，龚屿汐双膝一软，差点儿给它跪下了。

“儿子啊，哥啊，爸爸啊，是粉色不是绿色啊，是粉色啊粉色！不是绿色啊！身为男人，这个颜色不能随便喜欢的啊，你知不知道啊！你是在我不知道的时候对自己有了什么错误的定位吗，啊？你究竟受到了什么伤害，啊？”

种花冲他露出一个羞涩的笑容，表示它也不是故意的。

“我已经把我将来辅导我儿子做作业的耐心全都放你身上了。”龚屿汐不打算跟它继续废话，“来，再叼一次，这次再弄错，中午吃红烧狗肉。去——”

种花浑身一颤，没有跟着那个球一起出去，而是“扑通”一声，倒地装死。

龚屿汐无奈。

想他抓犯罪分子那么英勇，怎么摊上这么个儿子？

是被他抓的那些犯罪分子在报复他吗？

龚屿汐站在原地，双手叉腰，已经完全没了脾气。

他伸出手，正想拎着种花的耳朵让它滚起来，一个怒气冲冲的女声就从他前面传了过来：“龚屿汐！”

龚屿汐抬头一看，呵，好嘛，原来跳的那个灾在这儿。

他不知道自己又哪里把这位小姐惹到了，下意识地抬起手表示自己的清白：“你好啊，任苒。”

“好……”任苒估计是想爆粗，但硬生生地忍住了。

种花一见沾沾来了，也不装死了，蹦跶着要往沾沾跟前凑。

“等等。”任苒伸出手，拦住种花。她看着龚屿汐，脸上全是冰霜，“龚屿汐，你能不能告诉我，你怎么教的狗？”

嗯？

龚屿汐觉得这话听着有点耳熟。

他小时候揍了别人家的孩子，别人家长找上门来，对他妈说的第一句话就是这个。

不过……

他将任苒从头到脚打量了一番，总算是知道了一直以来见到她时的那种不对劲儿从何而来：“你眼睛看得见？”

“什么？”任苒皱起眉头，一把将墨镜摘下来，她眼皮上还有淡淡的青影，刚刚摘下墨镜，强光就刺得她受不了，她又赶紧戴上，“我眼睛为什么看不见？”

龚屿汐就疑惑了：“你眼睛又没事，戴个墨镜牵一条导盲犬干什么？”

“我高兴我乐意，要你管？”任苒朝龚屿汐翻了个力透墨镜的白眼，直接逼退龚屿汐。

他顿时不敢再问，连忙转移话题：“种花怎么得罪你了？”他看了看那条蠢狗，不太明白它哪里做错了，“它……应该没有咬你或者沾沾吧？”

种花一见沾沾都欢喜得智商又降低一半，它应该……应该舍不得咬沾沾……吧？

不过……对于种花的智商，龚屿汐也不是很肯定，毕竟，它怎么看都不像是智商很高的样子。

“呵。”任苒那股一贯的高贵冷艳劲儿又来了，她冷笑一声，眼角眉梢全是不屑，“搞清楚，你家那条傻狗咬不到我。”

龚屿汐这就放心了。

谁知，他的心才刚刚放下来，就听任苒猛地来了个转折：“不过，它做了更恶心的事情。”

龚屿汐一头雾水地看着她，等着任苒告诉他，种花又做了什么更加恶心的事。

任苒可能是觉得光嘴上说已经达不到她要讲述的效果了，一把将沾沾从她身后抱住来，拿给龚屿汐看：“你看！你家的狗，把我家的狗，肚子弄大了！”

语气之悲愤，神情之冷漠，好像不是沾沾肚子被种花弄大了，而是龚屿汐把她怎么样了。

龚屿汐神情古怪地看了看她，又看了看自己脚边明显跟不上状况的种花，一人一狗，连同对面的沾沾，都有点不明所以。

龚屿汐想了想，试探着问道：“所……以呢？”

所以？

他居然还好意思问“所以”？任苒睁大了眼睛，明显不敢相信。

“所以，你难道不应该给我，不是，给沾沾一个说法？”

任苒现在好像一个为了女儿讨回公道的老母亲，她捧着沾沾，瞪大了眼睛看着龚屿汐。

沾沾回过头来，在她手上小小地“嗷呜”了一声。

它很难受，能不能把它放下来？

龚屿汐指了指沾沾：“那什么，沾沾应该不是很舒服，你要不要先把它放下来？”

龚屿汐话音刚落，任苒就瞪大了眼睛：“别转移话题！”

话题……哦，话题。

刚刚说到，任苒要他一个说法。

龚屿汐仿佛一个处理青春期早恋孩子的家长，站出来，轻咳了一声，尴尬地说道：“那什么……也没有证据就说，它肚子里的孩子是种花的吧？你——”

“不是它？”任苒指着已经快把脸埋进地下的种花，“算时间正好就是我们一起参加宴会那天，沾沾一向听话，这些天从来没有离开过我的身边，只有那天，不是它是谁？”

Part 03
针尖对麦芒

任苒的逻辑如此严密，惊得龚屿汐一时半会儿不知道该说什么好。

他顿了顿，才斟酌着语言说道：“不是……虽然种花它又蠢又傻还不求上进，但是——”龚屿汐话没说完，种花就在他脚下吠起来，又跳又叫，生怕龚屿汐注意不到它。

好嘛，平常训练它，它听不懂，这会儿倒是不智障了。

龚屿汐一把踩住种花脖子上的绳子，让种花不能再跳，种花“嗷呜”两声，终于消停了。

龚屿汐这才把后面的话继续说完：“但是，那也不能证明就是它吧？”

任苒等了半天，还以为龚屿汐能有什么高见，谁知道还是推卸责任，当即怒了："龚屿汐，你真是太恶心了！敢做不敢当，还要来质疑我。你这是在质疑我的人品吗？"

龚屿汐一头雾水地看着她，他不过是正儿八经地提出一种可能，怎么就成了质疑任苒的人品了呢？

"不是，这两件事情毫不相关吧？"龚屿汐辩解，"任小姐——"

"怎么就不相关了？你无非就是觉得我仗肚碰瓷呗。"任苒再次打断他的话，"你非不信我也没办法，这样，到时候就把孩子生下来再做亲子鉴定行了吧？"

"没必要——"

"怎么就没必要了？你怀疑我的人格，我自证清白，怎么就成了没必要了？"任苒冷眉冷眼地再次打断他的话。

龚屿汐不打算开口了。

他发现，论抢白，他根本说不过任苒。

任苒冲着龚屿汐说了半天，不觉有点口干，也觉得现在的她跟一贯的高冷形象相差太远。她冷哼一声，看着龚屿汐："说话啊，怎么不说了？"

龚屿汐表示自己无话可说。

不等龚屿汐回答，任苒就自顾自地补充道："你还算自觉，知道理亏。"

龚屿汐非常无语："我不是自知理亏，而是——"

"而是什么？而是你觉得你说的是真的了？我就是带着我的狗仗

肚碰瓷是吧？”

再次被任苒抢白的龚屿汐：这事情，没法儿说了！

他自暴自弃地问：“行吧，你要怎么样，你说？”

说完，他又感觉这话听上去更加不好，于是补充道：“要不然这样，既然都已经怀孕了，那就结婚吧。”

“结婚？”任苒陡然提高了声音。

一时间，旁边路过的人纷纷朝他们看来，在看到他们之后，目光又像是被烫到了一样，立刻转开。

生怕听到了什么，又生怕听不到什么。

任苒如同被人踩了痛脚，怒斥道：“你想叫沾沾嫁给、嫁给，”她想了一下，可能是没有想到一个合适的词，干脆指着种花说，“嫁给这么一个货色？”

种花仿佛知道是在说它，连忙抬起头来，冲任苒叫了一声，顺便露出一个羞涩的笑容。

任苒看了一眼就觉得眼睛辣辣的，还没有彻底好全的眼睛差点儿被它闪瞎。她连忙转开头，毫不留情地发射讽刺光波：“它要什么没什么，你让我把沾沾嫁给它，你能保证它会给沾沾幸福吗？”

这个……龚屿汐低头看了一眼不停蹭他裤脚的种花，这个他还真保证不了。

不过，龚屿汐操着老父亲的心，真心实意地跟任苒说道：“它会上进的，现在天天训练，打算成为公务员。我虽然工资低，但是我爸收入还算可以，虽然警犬队不能解决家属编制，但是我爸可以提供它家人的食宿，孩子和另一半，都有地方住，也有地方遛。”

任苒用充满鄙视的眼神将他从头到脚打量了一番，就在龚屿汐打算深刻检讨自己刚刚又说错了什么话的时候，任苒十分不屑地来了一句：“你自己啃老就算了，你还打算让沾沾也跟着一起啃老。你安的什么心？”

龚屿汐一听她这么说，立刻觉得不太好。也对，现在的女孩子都不喜欢另一半啃老，任苒有这样的顾虑也很正常。

他连忙改变说法：“那行吧。你既然不愿意啃老，那就只能委屈沾沾将来住我家了。”

任苒又看了一眼种花，也不知道是不是她看不惯种花，所以不管它做什么，任苒都觉得刺眼。

“你刚刚说它要考公务员？”

“是啊。”公务员这种丈母娘眼中排名靠前的职业，任苒应该没话说了吧？

任苒从鼻子里哼出一声来：“你们公务员都不政审的啊？像种花这种强奸犯，怎么能当公务员呢？”

这下龚屿汐不干了：“你怎么知道种花是强……那啥了沾沾？欸，任小姐，你没看到不能乱说的。”

种花虽然是条狗，但它也是有名誉权的！

名誉权神圣不容侵犯！

“我要是看到了还能允许出这种事情吗？”任苒冷笑道，“这条傻狗，自从见了沾沾，就喜欢跟在它身边打转，不是它强了沾沾，难不成沾沾还能看上它？也不看看自己什么货色。”

她对种花的评价让龚屿汐无言以对。但饶是如此，龚屿汐觉得他还是有必要替种花说句公道话：“是，种花它是不求上进，好色贪吃，但是你也不能因为这样就觉得它强了沾沾吧？就好像你在生活中遇到一个人，他游手好闲、不求上进，你也不能一上来就给他安上一个‘强奸犯’的罪名吧？”

任苒听他这么一说，也觉得是这个道理，哼了两声，不置可否：“那你说，你打算给我一个什么样的解决方案？”

问解决方案了就好。

龚屿汐舒出一口气，跟她说道：“那要不然，就让沾沾打胎吧？”

它们结婚任苒也不同意，那就只剩下打胎了。

他自认为这是最好的办法了。

谁知任苒一听，立刻否定：“不行！”

她绝对不能让沾沾吃这么个亏的！

打胎也不行？

龚屿汐觉得女人真难伺候，幸好不是他把人家肚子搞大了。

他深深地叹了口气：“那你要怎么样呢？”

任苒终于拿眼睛看了他们一人一狗一眼：“当然是，生殖阉割。”

“生殖阉割”四个字，哐当几声砸到种花身上，让它再也骚不起来，直接将狗头一埋，埋进了龚屿汐的裤脚里。

同样是雄性，虽然“太监”是种花最后的归宿，但让它还没有结婚就被阉了，龚屿汐还是有点于心不忍。他跟任苒打商量：“这个，也太残忍了吧？”

任苒冷笑一声：“残忍？它弄大别人的肚子就不残忍了？打胎难道不残忍？管不住自己下半身，有什么资格说残忍？”

得，又回到刚才的问题了。

好歹是自己带的狗，龚屿汐看不惯有人这么一直朝种花身上泼脏水：“任小姐，我还是刚才那句话，沾沾肚子里的孩子，真不一定是种花的。我提出它们结婚，你不同意，让沾沾打胎，你也不同意。你究竟还要怎么样？”

他那语气，差点儿就直说任苒无理取闹了。

任苒最讨厌人家说她无理取闹，当即冷笑一声：“这么说，你觉得你家傻狗娶沾沾，还是委屈它了？行。不阉割就不阉割吧。”

然而，她这么说，龚屿汐并没有觉得心里松了口气，相反，他的心还提了起来。

果不其然，任苒说道：“那你就等着法院传票吧。”

她转过头来冲龚屿汐冷笑：“不把你们这个警犬队告倒，我就不姓‘任’。沾沾这个公道，我讨定了！”

龚屿汐坐在草地上，生无可恋地看了一眼旁边大气也不敢出一声的种花，恨铁不成钢地指着它说道：“你说你，你说你，你招惹谁不好，你去招惹她。现在看到了吧，人家连你爸爸都一起收拾了。你说，假如爸爸的饭碗不保，还拿什么去给你娶媳妇？别说沾沾这种倾城大美女了，就是路边没主人没户口的，人家都看不上你。”

种花“嗷呜”一声，趴了下来，任凭龚屿汐骂它。

龚屿汐还没有骂完：“要是真的爸爸饭碗不保，你也干脆去当流浪狗好了，反正你也考不上公务员。”

种花一听这个，抬起头来朝龚屿汐不停“汪汪汪”。龚屿汐随口答道：“至于你爸爸我，当然是回去继承万贯家财了，难不成还能跟你一起去当流浪汉吗？”

种花一听他居然还有这么好的出路，顿时愤怒了——凭什么自己要去当流浪狗，他就要回去继承家业？不公平！

它张嘴就朝龚屿汐裤腿上咬去，龚屿汐连忙叫起来：“欸欸欸，你仇富情结不要那么严重行不行？你以为我愿意啊，我这么清新脱俗的人，才不想被金钱污染呢。”

种花泪流满面，它宁愿被金钱污染！金钱啊，请快来污染它！

龚屿汐最讨厌看到这副金钱崇拜的样子，正要好好教育一下种花，将拜金从它灵魂里剔除出去，敦促它成为建设社会主义的一条好狗。可是他还没有来得及开口，肩膀上就被人猛地拍了一下——

“听说你把别人肚子弄大了？”

龚屿汐一听那个男声，头更痛了。

旁边一个人高马大的警察走上来，一把揽住龚屿汐的肩膀：“行啊，我只不过是出去学习了一个月，回来你都经历这么多了！”

龚屿汐翻了个白眼。

这都什么跟什么！

那个人长得浓眉大眼，一看就毛发旺盛，龚屿汐已经够高了，他居然还要比龚屿汐高一点儿，身材比龚屿汐魁梧多了，站在旁边跟堵墙一样，一来就把龚屿汐那边的光线挡了个彻彻底底。

来的这个大汉名唤卢飞宇，跟龚屿汐从大学开始就是同学，毕业之后，两人一起进了警队，只不过不在同一个组。他今天过来，是来看看被“发配”到警犬队的龚屿汐最近过得怎么样，顺便将他之前仅仅只在微信上表达的嘲笑送到龚屿汐面前。

谁知道，居然还有意外之喜！

卢飞宇觉得不能放过这么一个大好机会，以一种老娘舅的姿态站出来，问龚屿汐：“我听说，人家还找上门来了？非要你给个说法？你……感情经历有点坎坷啊。”

“什么东西？”龚屿汐转头看向卢飞宇，“你在说什么？”

他怎么听不懂？

他什么时候把人肚子搞大了？又什么时候被人找上门来了？

卢飞宇一脸“你别说了我都懂”的表情：“行了，咱哥俩谁跟谁啊，你也不用瞒我了。我刚一来你们警犬队，就听其他人说了。今天上午，有个又美又飒的仙女跑来找你，要你负责。”

卢飞宇拿眼睛将龚屿汐从头到脚打量了一番，一手背拍在他肚子上：“没看出来啊，平常觉得你跟我们差不多，没想到你早就被资本主义给同化了。”他突然凑近，在龚屿汐面前压低了声音问，“你什么时候跟人家开始的？”

“什么什么时候开始的？你们背着我又在造什么谣？”龚屿汐急了，连忙出来挽救他岌岌可危的名誉，“我是个什么样的人你难道不知道吗？”

他根正苗红，一身正气，是做得出始乱终弃这种事情的人吗？

“你是个什么样的人，以前我以为我知道，现在不敢保证了。”卢飞宇懒懒地说，“欸，你跟当兄弟的讲一下又怎么了？兄弟我虽然不能给你出主意吸引炮火什么的，但是我能用革命的乐观主义精神安慰你啊。”

龚屿汐抬头看看天，觉得“右眼跳灾”这句话，真没错。

他虚弱地解释道：“没有。”

他真的没有。

旁边有个毛茸茸的东西一直在拱他脚，龚屿汐低头一看，立刻火气上头。

都是这条傻狗，如果不是它，自己怎么会这么狼狈？

然而，这件事情还没完。

几乎是瞬间，“龚屿汐始乱终弃被人找上门要求负责”这件事情好像长了翅膀一样，飞遍了他们警犬队的每一个角落。

不管是去厕所还是食堂，龚屿汐总能听到有人在他身后窃窃私语，那些话，仿佛丝线一样，慢慢缠绕过他全身，让他再也挣开不得。

然而，等到龚屿汐转头去找的时候，那些声音又好像按下了暂停键，瞬间偃旗息鼓。

人没有找到，反倒是把自己弄得一身疲倦。

“哈哈哈……”卢飞宇坐在食堂的椅子上，听完龚屿汐的解释，笑得快要翻过去了，“龚屿汐，哈哈哈哈哈，龚屿汐，你也有今天！”

龚屿汐面无表情地看着他。

“欸，你今天这样的下场，要让那些被你抓了的人知道了，恐怕觉得比你坐牢还要让他们高兴吧？”卢飞宇一边揩着眼角的泪水，一边笑得直不起腰来，“哈哈哈哈，笑死我了，笑死了。”

龚屿汐将筷子猛地插进饭里，恶狠狠地在心里骂道：笑死算了！

卢飞宇笑得上气不接下气，还不忘将一直不敢凑到龚屿汐身边的种花抱起来给他展示：“行了，你也别憋屈了。黑锅都是给你儿子背的，你就当是展现你的拳拳父爱吧。”

种花捧着脑袋，小声“嗷——呜——”，还对龚屿汐羞涩地笑了一下。

龚屿汐被它卖的这个丑萌惊吓到了，好不容易自我愈合的心又受到了极大冲击。为了不让自己英勇负伤，龚屿汐连忙一把将种花的脑袋刨到了一边。

“你把它抱起来之前先问一下政工科，”龚屿汐毫不留情地说，“丑死究竟算不算工伤。”

种花“嗷呜”一声，在卢飞宇手中立刻委顿下来——

这些可恶的两脚兽，自己没毛妒忌它就算了，还要倒打一耙。要不是看他还有点用处，它才不会这么轻易地放过他呢。

卢飞宇将种花放到地上，抬起头来跟龚屿汐说道：“讲真的，要不是我跟你认识这么多年，我还真不会相信事情是你说的这样。”

搞了半天不是龚屿汐把人家肚子弄大了，而是种花做了见不得人的事情。

可是他们当时吵架那样子，像是在为狗发声吗？

龚屿汐也觉得很玄幻。明明是任苒带着沾沾过来指责他教子无方，怎么就成了他跟任苒有牵扯了呢？任苒这样的大美女，只可远观不可近看，他已经领教到这位美貌异性的杀伤力，绝对不可能再犯跟种花一样的错误。

他刨了一口饭："然而事实就是这样。"

卢飞宇从餐盘里挑出一块肉，要扔给在旁边一直狗视眈眈的种花。龚屿汐见了，连忙制止："欸，你也不看它体脂率多高——"

话还没有说完，种花就已经猛地跳起来，一口将肉叼走了。

龚屿汐彻底愤怒了："我今天训练了你那么久，你连个红绿都能搞错，现在人家一块肉就把你搞定了？"

种花将脸埋在墙角，津津有味地吃着肉，只给龚屿汐留下一个腚。

"行了。"卢飞宇摆摆手，"这能证明什么？这只能证明，你这儿子养不熟。亏你还要给它收拾烂摊子。哦，对了，话说你未来亲家还要来吗？我一来就听他们把你亲家的长相吹得天上有地下无的，你什么时候给引荐引荐？"

"得了吧。"龚屿汐一听就觉得头大。这段时间，他一见到任苒就没有什么好事情，还要见？再见，恐怕就是他被开除的时候。

龚屿汐不知道自己乌鸦嘴的能力这么强，他本来是在心里随口一句吐槽，谁知道一语成谶。

任苒带着沾沾出了警犬队，就在路边招来一辆出租车，坐了上去。

沾沾可能是怀孕了，精神一直不怎么好。任苒见它安安静静地坐在自己身边，难得生了一丝怜惜。

她伸手摸了摸沾沾的头，任由它靠在自己腿上："你放心吧，我一定不会让你受这个委屈的。这个公道，我会帮你讨回来。"

渣狗！

还有那个渣男。

居然说出让沾沾打胎这样的事情，果然什么样的人养什么样的狗！

任苒愤愤不平地想。

她眼睛一转，不知道想到了什么，拿出手机，在网上搜了一下本市比较出名的律所，专程抱着沾沾过去了。

接待她的是个男律师，年纪不大，风度翩翩，让人一见便心生好感。

可是任苒没空对他生出什么好感，她戴着个墨镜，问道："我来咨询一件事情。"

"就是……嗯……"她起了个头才想起来，这件事情不知道应该怎么描述，想了想，她才说，"嗯……我有一个朋友……"

狗狗是人类的好朋友，她这么描述，没问题吧？

"我有一个朋友，它被渣男骗了，现在怀孕了，我打算告他，请问有什么办法？"

那个男律师将任苒从头到脚打量了一番，一句"你朋友就是你吧"到了嘴边还是被他咽下去了。他顿了顿，说道："这件事情，如果不能证明对方是被强迫的，可能没办法起诉他。”

“肯定是被强迫的啊。”任苒皱眉，“这条狗……对方不求上进、贪吃好色，沾沾怎么会看上它？除了强迫，没有其他可能了。”

沾沾？

现在有人取这样的名字？

男律师疑惑了一下，但是秉承着职业素养，脸上依然笑意盈盈的：“可是，你要拿出证据来。”

“这还不是证据吗？”任苒一把将沾沾从地上抱起来，“它肚子里有孩子呢。”

男律师跟沾沾面面相觑了一阵，终于意识到，他刚才的吐槽成真了。

他眨了眨眼睛，沾沾在他对面也跟他眨了眨眼睛。

一人一狗互相看了一阵，男律师指着沾沾问任苒：“你的朋友，就是这条狗？”

“狗怎么了？狗是人类的朋友。”任苒坐在男律师对面，振振有词地说道。

外面的助理进来，给任苒倒了一杯咖啡，那咖啡不知道是什么牌子，冲进任苒鼻子里，仿佛一股感冒冲剂的味道。她微不可察地皱了皱眉，不动声色地将杯子挪远了一点儿。

“小姐。”男律师无语地看着任苒，“你这个案子，我接不了。”

“我听说你们是本市最好的律所，怎么，贵所律师职业素养这么低吗？”

“这位小姐，”男律师额头青筋乱跳，“你不用激我。这个案子，我可以很实在地告诉你，不仅我接不了，全国都没有律师能接得了。”

任苒将他座位前的座牌拿起来，在手机里输他的电话号码：“电话号码就是支付宝号吧？”

“对，不是——”男律师反应过来，“你问这个干什么？”

话音刚落，只听“叮”的一声，他手机里传来一声钱到账的声音。

男律师拿起来一看，他的账号里，多了一笔钱。

“不是，小姐，”男律师还妄图跟她解释，“这个案子我们真的没办法接——”

“不够是吗？”任苒低头，指尖在手机上划拉了几下，又一笔钱打到了他的账户上。她抬起头来看向那个男律师，扬了扬手机，“不够我还有。”

金钱的力量如此庞大，刚才还坚决拒绝的男律师有些动摇：“小姐，这真不是钱的问题——”

“叮——”又是一道金钱入账的声音。

男律师犹豫片刻：“好……”他一咬牙，“我接。”

他说完，又连忙补充道：“但是我先说好，这个案子我没把握能赢，到时候——”

“没关系。”任苒毫不在乎地说道。

她也不在乎这个案子能不能赢，只要闹大了，能给龚屿汐找点儿麻烦，她就开心了。

总之，她就是不能让龚屿汐这匹害群之马，继续污染人民警察的队伍!

她长得好看，出手又大方，不知道的人还以为这是哪家大小姐出来体验生活。那个男律师也不能免俗。

男律师拿出一本《中华人民共和国侵权责任法》，指着其中一条法律条款说道：“第七十九条上说，‘违反管理规定，未对动物采取安全措施造成他人损害的，动物饲养人或者管理人应当承担侵权责任。’虽然他的犬只未能给你本人造成伤害，但是他给你的宠物带来了伤害。宠物作为你的个人财产，换而言之这是侵犯了你的个人财产，你要去告他，完全……也说得过去。”

“嗯。”任苒看了一眼，“我不要求赔偿，我只要求他的狗做生殖阉割，不能再祸害其他狗。”

男律师非常有压力地愣了愣，然而不等他继续说话，任苒就已经站起来：“这件事情就拜托你了。”说完，她就拉着沾沾从对方的办公室里走了出去。

男律师将她送走，等到任苒背影都看不到了，他都没有离开。冷不防地，他肩膀上被人拍了一巴掌，一个男同事走过来揽住他:“怎么?当事人太美，你看呆了?”

“这哪里是当事人，”男律师说，“这分明就是财神爷。”

这年头，能这么轻松挣钱的，不多了。

花钱专门为了给对方添堵，不是真爱也差不远了吧?

然而，作为任苒“真爱”的龚屿汐，心情可就没有这么美妙了。

任苒告他侵犯自己财产权和纵狗伤人的案子还没有被法院正式接纳，消息就已经传到了市公安局。龚屿汐再一次，因为任苒，被丁局叫进了他的办公室。

本来头发就没有几根的丁局，感觉他头顶所剩无几的“植被”越发岌岌可危，他双目一瞪，冲着龚屿汐吼道：“你——”

还没等丁局发作，龚屿汐就连忙身子一肃，站得比电线杆子还要直，连大气都不敢出，生怕把丁局给惹怒了，又对他进行一番“爱的洗礼”。

丁局吼到一半的声音硬生生地被龚屿汐给打断了，一口气噎在喉咙，上不去下不来，气得他差点儿倒仰。

龚屿汐见了，连忙小心翼翼地给丁局把保温杯里的水给满上——动作之恭敬，神态之谦逊，对他家太后都不曾有过。

丁局那口气被龚屿汐这番恭敬的姿态给彻底顺了下去，他指着龚屿汐：“龚屿汐啊龚屿汐，你说你做的这是什么事儿？”

龚屿汐跟被霜打了一样，丧头丧脑地站在一边，不敢吭声。

“我本来是想让你去警犬队好好磨磨性子的，可你这性子，磨到哪里去了？”丁局偏头问，“你训练的狗让别的狗怀了孕，还让人家直接把你告了，这点事情你都处理不好，你是打算让我们市公安局天天上新闻吗？”

说到这里，龚屿汐忍不住了：“丁局，真不是我不给处理——”

“你要是处理方案拿得出手，人家姑娘会告你吗？”不等他说完，丁局就直接抢白。

龚屿汐一句话都不说了。

他这样，丁局的火气非但没有消掉，反而更大了："龚屿汐啊龚屿汐。"

又开始了。

龚屿汐生无可恋地站在墙角，心中默念丁局即将说的话：你说你，能不能让我省点儿心？

果然，丁局说道："你说你，能不能让我省点儿心？"

接下来一定就是：我头发已经够少了，能不能让我在退休之前留几根头发？

丁局继续道："我头发已经够少了，能不能让我在退休之前留几根头发？"

龚屿汐抬眼看了一下他即将荒漠化的脑门儿，在心里默念：我每天为了给你们收尾，殚精竭虑，能不能让我发挥一下余热，好好为人民服务？

丁局继续说道："我每天为了给你们收尾，殚精竭虑，能不能让我发挥一下余热，好好为人民服务？"

丁局问完他的"灵魂三问"，终于转入正题："龚屿汐，我不管你怎么解决这件事情，总之你给我解决了。闹出去像什么话！实在不行，你就给我把警服扒了，回去继承家业！"

眼看不能为人民服务了，龚屿汐一听，立刻不干了，他正要张嘴说话，可还没有来得及发出声音，就被丁局一声喝断："你给我闭嘴！"

龚屿汐立刻闭嘴。

丁局转了个圈儿，实在想不到什么话好说，发泄一样端起茶杯来灌了一口。那水滚烫，直接冲进他口腔，他猝不及防，当即“嗷”了一声，顾不上形象，将水吐了出来。

龚屿汐十分真诚地看着他：“领导，水很烫的。”

丁局眼泪汪汪：“那你怎么不说！”

龚屿汐听话极了：“因为你不让我说。”

丁局头发倒竖，双目圆睁，正要怒骂龚屿汐，然而不知道是不是刚才水太烫了，他只要一开口就牵扯到被烫的地方，让他到了嘴边的话硬生生地止住了。

千言万语最后化作一个姿势——

丁局手一抬，指着门口。

龚屿汐会意，连忙圆润地离开了。

走到门外，里面传来丁局终于忍不住地一声怒吼：“龚屿汐！你不把这件事情给我解决好，信不信我扒了你的警服！”

动不动就把事情跟他这身警服联系起来，就不能脱离一下低级趣味吗？

然而，即便心中如此腹诽，出了市公安局大门，龚屿汐还是忍不住叹了口气。

任苒啊任苒，可能真的跟他八字不合。

但不管再如何八字不合，龚屿汐为了实现自己为人民服务的理想，还是要给她打电话。

电话响了两声，直接被挂断了。看来是上次龚屿汐给她打过电话之后，任苒就把他电话号码记住了。他估摸着继续往下打，任苒就要把他电话号码拉黑了，他本着自己不好过，也不让任苒好过的精神，转过头，直接回了市公安局。

他从原本的刑侦大队借了两打手机，挨着给任苒拨过去。开始是响两声就被她挂断，龚屿汐再打两遍就被她拉黑，再后来是根本不给他响的机会，她直接拉黑。他们两个像是小孩子较劲儿一样，你打你的，我拉黑我的，就这么僵持下去，直到——

任苒终于忍不了了，怒气冲冲地接起电话，冲龚屿汐吼道："你有完没完！"

"任小姐，你终于接电话了。"龚屿汐优哉游哉地说，"我手上还有十三个备用手机，你如果不嫌拉黑麻烦，可以继续。"

电话那头的任苒咬了咬牙，话几乎是一个字一个字地从牙缝里往外蹦："龚屿汐，你不怕我继续投诉？我记得你好像还惦记着回警队吧？"

龚屿汐笑了一声："我之前是想回警队，但现在看来根本不可能。反正你动不动就投诉我，我这身警服穿得也不稳当，倒不如回去继承家产呢。"

换而言之，任苒投不投诉他，他现在毫不畏惧。

没想到自己一直以来的威胁失去了作用，任苒顿了顿，又切换成她一贯的高冷模样："既然是这样的话，那你打电话干什么？骚扰吗？不管你现在还是不是警察，骚扰他人我一样可以投诉的吧？"

这人是不是投诉上瘾了？

龚屿汐简直头大：“任苒，我就不明白了，我根正苗红一个大好青年，究竟是哪里得罪你了，你要这么对我。”

这话问得任苒有点心虚，事实上，真要追究起来，也是种花不对，龚屿汐最多是个没把狗看好的罪名。

其实，要不是当天龚屿汐跟她吵起来，说出的话又非常“渣男”，她也不会这么不依不饶。

她顿了顿，说道：“你没得罪我，但你没管好你的狗，伤害了沾沾，我现在是为沾沾讨回公道。你如果想让我撤诉，那得先让沾沾原谅你家那条傻狗。”

说完，任苒就迅速挂了电话。

龚屿汐看着“嘟嘟嘟”响个不停的电话，怒了，什么事情都让她说完了，还要自己怎么发挥？

让他去跟一条狗交涉，任苒自己都办不到的事情，凭什么要他办到？

这姑娘，太难为人了！

龚屿汐愤愤不平地挂了电话。等他把电话挂完，他又像是突然想到了什么一样，脸上露出一个恍然大悟的表情。

对了嘛，此路不通，还能走别的路啊。

如果不是为了自己的工作，任苒真的一辈子都不想去龚玥那里。

但是没办法，她虽然任性，还知道起码的职业道德，既然这份工作她接了，她就不得不把事情给做到尽善尽美。

如果不是她有这样的精神，天底下“娃师”那么多，她也不可能在其中占据一席之地了。

只是……龚玥应付起来，实在令人窝火呢。

任苒闲闲地想。

在第不知道多少次，龚玥跟她甜蜜蜜地讲述自己跟普化那泛着过期酸臭的恋爱经历时，任苒终于忍不住，开口说道：“龚小姐，我对你跟你先生两个大龄青年或者中年的爱情故事没兴趣。它们就好像发酵坏了的樱桃一样，酸腐陈旧，令人不适。”

龚玥脸上艳若春花的笑容停住了。

任苒心里划过一丝快意，她发现，当面怒怼龚玥是这么一件让人高兴的事情。正要再接再厉，冷不防身后走来一个人，龚屿汐的声音响了起来：“姐，刚刚我听到姐夫找你。”

一个台阶递到龚玥面前，龚玥要是还不知道走，那就枉费她长袖善舞的名声了。她站起身来，跟任苒连招呼都没打一声，就离开了。

等到龚玥离开，龚屿汐就坐到她原来的位置上：“你真不怕得罪人啊。”

对金主也敢这么说？

任苒冷笑一声：“她要是心里没鬼，她干什么要怕我？她如果真的取消了我这个订单，我就跟她老公讲，她根本就不喜欢我的娃娃和他的画，她最爱的其实是拍卖行里那些珠宝钻石。”

龚屿汐一脸震惊。

狠！

一句话就踩中龚玥的要害，揭穿了她的画皮。

任苒怼完龚玥，心情稍微好点儿了，偏头看向龚屿汐：“你跟你家傻狗沟通好了？”

Part 04
人间富贵花

这个问题一出口，简直让龚屿汐的灵魂都忍不住颤抖。

幸好种花不在这儿，否则它就不是灵魂颤抖了。

龚屿汐干笑两声，给任苒面前那杯茶满上：“这个、这个再说嘛——”

任苒站起来就要走。

龚屿汐见状，连忙拦住她：“欸，任苒，我好歹刚才帮你解了个围，你不用这么快翻脸不认人吧？”

“你也好意思拿出来说。”任苒毫不留情地怼他，“龚玥是你姐姐吧？你们自家人说自家人，关我什么事？”

好嘛，龚屿汐算是确定了，任苒她就是过河拆桥，翻脸不认人。

“说起来，我倒是想起一件事情。”任苒的声音里带着一丝不怀好意的讥诮，“前几天，是谁在电话里说的，原话我不记得了，大概意思嘛，好像就是……他即便不当警察了也没什么？反正阉割是不可能阉割的，负责也不可能负责的。”

龚屿汐有点尴尬：“当时人年轻，讲话不知道轻重。”

“那现在知道轻重了？”任苒双手环胸，似笑非笑地打量他。

明知道对面站着的人眼睛不好，可是配上她那张脸，一向没什么风情的任苒居然让龚屿汐有点脸红心跳，这个时候就不得不拜服在她的盛世美颜下了。

龚屿汐连忙避开她，低下头不去看她的脸：“欸，你说吧，要怎么才能撤诉？”

“生殖阉割。”

龚屿汐想也没想：“那不行。”

“那就没有了。”任苒木着一张脸，牵来沾沾，跟着它一起朝门外走去。

龚屿汐见了，连忙跟上：“任小姐，我就搞不明白了，你为什么非要较这个真？”她难道不知道她自己这番行为看上去特别像个神经病吗？

“不是我较真。”任苒转过头来面向他，“而是种花做得本来就不对，沾沾虽然是条狗狗，但并不代表它就没有感情。种花伤害了它，我身为它的主人当然要为它讨回公道了。”

她说得煞有介事，龚屿汐忍了又忍，最终没能忍住，偏头问她：“你为它做了这么多，它……知道吗？”

任苒一时愣住。

她低头看了一眼沾沾，沾沾很明显是不知道他们在说什么，歪头给了任苒一个甜甜的笑容。

任苒轻咳了一声，正色道：“它知不知道也不妨碍我为它做这么多。我为它做这些，本来就是不求回报的。”她越说越觉得自己正当，“难道你喜欢一个人，你做了什么还要专门跟她说说吗？”

龚屿汐算是发现了，任苒这姑娘，虽然长得好看，但脑子还是有点不清不楚的。明明是在说狗，怎么就扯到人身上去了？

他心里这么想，嘴上就耿直地说了出来：“不是，这哪儿跟哪儿？狗跟人怎么能一样……”

“有什么不一样的？你们不是口口声声说什么狗是人类的朋友，还儿子弟弟叫得亲热得很吗？怎么现在就不一样了？”任苒有些不屑，“你们这些人，当面一套背面一套，虚伪！”

被她归结到“虚伪”一栏的普通人类龚屿汐无话可说，不得已只能回归到这次来见她的主要目的上面：“不是，你觉得种花伤害了沾沾，你去告种花呗，你把我告上去有什么用？”

又不是他把沾沾伤害了。

任苒用一种“你是不是傻”的表情看着龚屿汐：“龚警官，我之前就说了，是你没有管好你的狗，狗懂什么，还不是人没有教好？既然是人没有教好，那责任就在它的主人身上呗，我告你，很恰如其分吧？”

龚屿汐算是知道了，任苒这是不把她自己当人了。她非要把人跟狗看得一样，他能怎么办？

龚屿汐好话歹话说尽，但任苒就是个油盐不进的，他不由得有些泄气。

龚屿汐双手叉腰：“任小姐，有什么事情好商量。”

你这样，就算长得美，也很容易被打的，你知道吗？

很显然，面前这个美丽的雌性青年并不能理解龚屿汐的一番苦心，轻蔑地笑了一声：“我不是在跟你商量吗？商量的结果就是让那条傻狗被阉割。”

她声音有点大，引来路人的侧目。龚屿汐无语了：“小姐，你好歹小声点儿。你这么一个大美人，动不动‘阉割阉割’的，不好听。”

“龚警官，”任苒根本不理他，似笑非笑地说，“你不用顾左右而言他，反正这件事情就这么一个解决方式。法院不立案，我就告法院，你不应诉，我就告你。反正我时间多。”

说完，她就牵着沾沾，转身离开了。

走的时候，脚步还踉跄了一下。

龚屿汐颇为无奈地看着她的背影，他就疑惑了：这么好看的一个姑娘，怎么脑子好像是豆腐做的呢？

虽然，龚屿汐已经确认，任苒的脑子是豆腐做的，但也不得不承认，她的确长得好看，即便她无理取闹了这么久，他也不觉得她烦。诚然，一方面是因为龚屿汐本来包容心就比较强，一方面嘛……当然是因为任苒好看啊。

龚屿汐坐在一旁，呜呼一声：人类的本质，果然是颜性恋啊！

任苒工作的时候很认真，一点儿都看不出来她差点儿跟龚玥闹不愉快："……这种宝石颜色比较鲜艳，有神秘感。如果要呈现你们的爱情，我觉得这倒是比较容易，可以纳入备选。你们觉得呢？

"……还有这种布料，花色是中国风，但其实技术是法国的，我们国家目前还没有这种技术……当然你们也可以选择缂丝工艺，那个是我们国家独有的，美术大师我这边可以直接联系……"

她的手指修长又白皙，手型跟人一样偏瘦，但在那些材料上拂过的时候，却有一种奇异的韵律。龚屿汐发现，每一种材料她都能准确无误地找到，想必私底下，应该下了很大的功夫吧。

不过……她看不见的时候，又是怎么做娃娃的呢？

这么一想，龚屿汐觉得面前这个姑娘，身上的秘密好像更多了。他不由得又坐近了点儿，想近距离观察一下任苒是不是有什么特殊的辨认方式。谁知道他刚一坐近，任苒身体不自觉地一动，正好一肘子打在龚屿汐身上。

"嗷！"

"啊！"

他俩异口同声地叫起来，任苒顿时愤怒了，这个好色的警察。

"你究竟想干吗？"

她嘴上虽然没有明说，但语气里的意思再明白不过了。龚屿汐知道她想歪了，顾不上疼，连忙伸出手来表示自己的清白："停停停，我没有想干吗，我就是……"

他正想说他就是想仔细关心一下任苒眼睛怎么回事，为什么看上去像是被打了一样，是不是她的盛世美颜终于没用了，但是转念一想，这又像是在揭人家的短，有些说不出来了。

任苒轻轻皱起眉头，一句"色狼"即将出口，龚屿汐被她那个表情吓得一震，顿时顾不上什么短啊长的了，唯恐这姑娘一个不高兴又去告他，耽搁他为人民服务。他连忙举起双手，十分恳切地说道："我只是想弄明白你眼睛怎么回事，信我，没有其他想法，真的！"

任苒觉得他简直有病："什么怎么回事？"

龚屿汐拿手在眼睛上比画了一下："怎么伤的？"

任苒撩起刘海，尽管已经用粉底遮了，但眼皮上还是有一道青色的影子。她一双眼睛好似水波潋滟的湖泊，即便是此刻正在恼怒中，也丝毫不减风姿。

当然，要是眼睛里的嘲讽没那么浓就更好了。

她指着自己眼皮上的青影说道："我回国之前，晚上起夜，不小心摔的。你堂姐夫定下的日子又快到了，我已经签好了合约，不能爽约，于是眼睛还没好就回来了。"

"不过你想得也没错，我眼睛前段时间的确不能见光，跟盲人也差不多。只是现在好得差不多了。你以为是什么？"

她重新将刘海放下，连眼神都懒得给龚屿汐一个。

龚屿汐在旁边讪讪地坐了会儿，看到龚玥夫妻两个脸上的揶揄越来越重，不敢继续停留，灰溜溜地离开了。

龚玥家这个大画家，家财万贯，他们家院子真是够大。龚屿汐一个人在院子里走了会儿，感觉他这个堂姐夫要是不当画家了，当个室内装修设计师也不错。他们这院子，处处都透着他画作的个人风格，充满了后现代主义气息，偏偏还很和谐，弄得龚屿汐看哪儿都觉得比他们家那个朴素又喜庆的院子上档次。

任苒跟龚玥讨论得差不多了，便决定先回去画草稿。她眼睛其实还不能见强光，出来的时候依然要借助沾沾。龚屿汐见她出来了，连忙上前，看看能不能用自己的诚意打动她，让她撤诉。

谁知刚一靠近，任苒就伸出手，阻止了他："龚警官，我要是你，现在就忙着赶紧去把种花解决了，而不是跑来跟我废话。"

她一脸目下无尘的高冷，换其他人龚屿汐早看不惯了，但不知道是不是自己理亏，龚屿汐就是没办法对她怎么样。倒是沾沾，认出龚屿汐就是种花的主人，它好多天没有看到种花了，有点想种花，连带着看到种花的主人都自然地生出亲近来。

沾沾连忙朝着龚屿汐在的方向凑，任苒拉都拉不住它。龚屿汐笑起来，蹲下身，揉了揉它又长又软的毛，意有所指地说道："看来还是它会看人。"

任苒翻了个白眼儿。

龚屿汐一边摸着沾沾，一边抬眼看向任苒："任小姐，你的眼神还不如你家狗好呢。”

“呵。”任苒发出一声嘲讽的轻嗤，“沾沾没脑子，当我也没脑子吗？”

她在这儿费心费力的，哪知道这个小畜生根本就不理解她的一番苦心，还对着仇人摇头摆尾。任苒觉得自己一腔苦心付诸东流，好像个被孩子辜负的老母亲，看着沾沾跟龚屿汐撒娇越发糟心。

她用力拉住绳子，想把沾沾拉回来。

“欸，你等等，沾沾！”她伸出手，想要去抱住沾沾，但手伸到一半，不知道想起什么，又缩了回来。

任苒僵直着身体站在那里，已经放弃实际行动，打算用苦口婆心，让沾沾回头是岸：“沾沾，你闻清楚这个人，是不是隔了老远都是一股人渣味儿？别被他蒙骗了，这种人家，根本就不值得原谅，更加不值得托付终身。我去给你找个更好的，你不要再冲着他摇头摆尾了。”

沾沾转过头，小声“嗷呜”了一声，冲任苒露出一个甜甜的讨好笑容，仿佛在说，它就认定了这家。

任苒叹气。

女儿如此不争气，简直让她这个老母亲不知道说什么好。

任苒怒从心头起，根本不想看她女儿，抬脚就走。

沾沾纵然是再想跟情郎的老父亲套近乎，可还记得自己的职责，依依不舍地看了一眼龚屿汐，最终还是小跑着跟上去了。

龚屿汐看着空下来的手，无比怅然地叹了口气。

任苒丝毫不为所动，坚定得仿佛一个女革命党，这要放在战争年代，一般的刑罚还真奈何不了她。

看样子，想要她撤诉，只能从其他地方想办法了。

一想起丁局长那暴跳如雷的样子，龚屿汐觉得，他离人民群众的距离又远了一点儿，回刑警大队的日子遥遥无期，难道他真的要在警犬大队待一辈子吗？

龚屿汐眼前浮现出种花那条傻狗的脸，顿时觉得心脏猛地咯噔一下。

与此同时，裤兜里的电话也惊天动地地响了起来。

他拿起来一看，发现是卢飞宇。

龚屿汐挑长了眉毛，最终还是把电话接了起来。

“儿子，听说你去找那位大美女处理肚子的事情了，战况怎么样啊？”虽然知道卢飞宇狗嘴里吐不出象牙，但是一接通电话就听到这些，龚屿汐还是有点气愤。

他下意识地把手机拿远了一点儿：“儿子叫爸爸干吗？还有，我们是处理狗肚子的事情，什么大美女？”

“没说错啊，大美女家的那条狗不也是大美女吗？”卢飞宇听音辨心，“你……听上去情况不好啊，怎么，大美女不撤诉？”

何止是不撤诉，任苒又凶又狂躁，看他哪儿哪儿都不顺眼。龚屿汐顶着太阳，两道好看的剑眉皱成一个“八”字，哀愁得在大太阳底下都能感受到他身上的幽幽之气：“你说，老丁真打算让我在警犬队待一辈子吗？”

卢飞宇一愣。

“我觉得不能啊，”不等卢飞宇说话，龚屿汐就自顾自地找起了理由，“我在刑警大队的时候，也立下了不少功，破获了不少大案要案吧？老丁再不待见我，也不至于这么分不清轻重。那要是老丁本身就打算把我调回去，我求不求她又有什么关系呢？”

这个逻辑简直严密到无懈可击，假如不是忘了丁局长的初衷，那倒是一点儿问题都没有。

卢飞宇等他说完，幽幽地来了一句：“你可别忘了，你去警犬大队是为什么。”

一听，龚屿汐刚刚自我安慰来的宽慰瞬间消失不见。

忘了？

他怎么可能忘！

老丁觉得他性格浮躁，加上之前抓的那个传销集团因为他的关系没能全部抓完，才专门把他弄到警犬大队驯狗。

驯导的还是警犬大队少有的后进生。

卢飞宇好像浑然不觉龚屿汐此刻的落寞，继续说道：“不管你去驯狗，还是去找那个大美女求和，都是老丁给你的考验。欸，这么说起来，老龚你拿的是武侠男主角的剧本啊，老丁就是世外高人，没准儿你达到要求了，老丁就传位给你了。”

“什么乱七八糟的。”龚屿汐没好气地说，“难不成老丁还能把他那个局长位置给我？”

“虽然是不能吧，万一老丁有什么破案秘诀呢？他觉得你是个可塑之才，带你一把，也不是不可能吧？但不管怎么样，这些事情你做不到，在老丁眼中就是你没有完成考验，他觉得你不堪重托，没准你就一直在警犬大队了。”

“不……不能吧？”龚屿汐摸着脸，感觉卢飞宇这孙子是在吓他。

“不能？你可别忘了你们家那个大富豪，你去警犬大队他求之不得。如果没有老丁撑你，到时候你想回去可能都难。你们家‘龚半城’坐拥本市半城房产，他去找一下领导，领导听你的还是听他的？”

龚屿汐被唬住了。

他怎么忘了还有这茬儿？

这么一看，那形势的确很严峻。

“不过没关系。”卢飞宇话音一转，“兄弟这不是给你送办法来了吗？”

敢情他恐吓了龚屿汐这么久，就是为了这个？

龚屿汐面无表情地问道：“什么办法？”

半晌之后，他毫无表情的脸终于裂了。

龚屿汐顶着一脸一言难尽：“这……这不太好吧……”

“有什么不好的？”卢飞宇振振有词，“她都不觉得对你有什么不好，人家还告你呢。难不成……”他的声音一瞬间变得十分危险，“龚屿汐，你真的对人家有意思，所以宁愿一辈子待在警犬大队被她骂色狼？”

“胡说！”龚屿汐想也没想就说，“你这个办法，我看可行，就这样做吧。”

另一边，任苒牵着沾沾走在路上。她来这座城市有段时间了，但还没有好好逛逛。今天在跟龚玥商量娃娃款式的时候，普化曾经说过，他第一次看到龚玥，是在南山。

这个时候虽然不是龚玥和普化初遇的那个时节，但任苒还是打算去看看。

龚玥明明是个满脑子金银翡翠的俗人，但就是装得比谁都文艺。任苒最讨厌这种心里没数的人，但她既然已经接了，就不好随便糊弄砸自己的招牌，该做的事情，都还是要做的。

唯一不好的就是，她现在眼睛不太方便，虽然看是看得到，但在阳光底下待久了，依然会受影响，只能借助沾沾。

任苒个子高，人好看，还牵了条卖萌神器，走在路上，回头率不知道有多高。

只是，她不知道误闯进了一个什么神奇的地方，这里的人，都有点……奇怪。

那边两个妹子顶着快要突破天际的山根，在奢侈品门店巨大的logo下，拎着两个空品牌纸袋摆拍。镜头前还是姐妹好，摄影师镜头放下的第一刻，刚刚还好得跟个连体婴的两个人立刻分开，并且相互抛掷了一个白眼儿。刚才那一切，好像是任苒的幻觉。

这边一男一女走在路上，男的突然指着旁边的摄像机点了点，然后猛地提起妹子的裤子，硬是把低腰裤提成了抹胸。

还有这里，两个修容快把整张脸都修掉的妹子扯着一个小帅哥的手吵架，大意是男的劈腿被发现了。可据任苒观察，小帅哥的另一半明明是旁边摄影的那个小帅哥，他跟女人没关系啊。

还有突然走着走着喷水的，走着走着在空中劈叉的，走着走着下腰的……

是艺术院校学生今天集体交作业吗？

可也不用跑到市中心步行街来搞行为艺术啊？

什么时候行为艺术门槛儿这么低了？这是什么迷惑现场？

作为艺术专业的大师姐，任苒站在人群中央，发出了自己的疑问。

这里到处都是伸腿跺脚的人，任苒唯恐受伤，连忙牵着沾沾，打算到旁边去。

谁知，她才刚刚一动，身体就被人猛地一推，她下意识地一把抓住自己的包，肩膀上面却空空荡荡的。她正要叫起来，身边一阵风掠过，一个熟悉的声音从耳旁飘过——

“站住！”

话音未落，人已经追了出去。

是龚屿汐！

任苒在原地愣了一会儿，明明龚屿汐是让那个抢东西的人站住，她却好半晌都不敢动。

好一会儿后，总算是反应过来了，任苒才带着沾沾，走到一旁。

过了一会儿，龚屿汐回来了，手上提着个包，正是她刚才被抢的那个。

“看看少了什么没有。”龚屿汐把包丢给任苒，说完又补了一句，“不过他应该没有机会打开。”

任苒将包接过来，倒没有急着去看里面的东西，而是先问他：“你没事吧？”

嗯？

龚屿汐瞬间瞪大了眼睛。

这个大美人这是转性了？

任苒看到他那个样子，就知道他在想什么，顿时没好气地说道：“你帮我把包包追回来了，虽然是你职责所在，但我也不应该一句客气话不说吧？多少还是要问问的。难不成我在你眼中这么不会为人处世吗？”

“那可不……”龚屿汐话都出口了才想起他还有求于人，连忙停下来，在任苒充满威胁和不善的目光中硬生生地转口道，“那可不是。任小姐你宽容大度端庄贤淑，简直是当代女性典范。”

任苒嗤笑一声，不想理他。她低头找了一下包里的东西，手机和证件都还在：“没少，谢谢了啊。”说完又像是想起了什么一样，“对了，那个劫匪呢？”

龚屿汐微微一顿：“交给附近的同事带回去教育了。”

任苒没有再说什么，不经意看到龚屿汐额头上的汗水，心中一动：“走吧，我请你喝咖啡，感谢你帮我把东西拿回来。”

“算了。”龚屿汐不在意地摆了摆手，刚才卢飞宇跟他说的话又回荡在耳边——帮了忙，一定不要着急。她要请你喝咖啡吃饭什么的，你一定不要答应。我们的目的并不是跟美女吃饭，而是让她撤诉。

思及此，龚屿汐越发高风亮节起来：“虽然经常被你误会，但是吧，我的的确确是个敬业人士。喝咖啡就免了——”

“那行。”不等他说完，任苒就截口，打断了他的话。

龚屿汐顿时瞪大了眼睛。

任苒脸上不自觉地泛出几分笑意来:“龚警官,你帮我拿回了包包,我的确很感激你。不过一码归一码,我可以给你送锦旗,可以写表扬信,但是嘛，撤诉就不必了。不处理好你家那个小兔崽子，我永远都不会撤诉。”

任苒说完，脸上带着浅淡的笑容，就打算牵着沾沾离开。

龚屿汐叹了口气,语重心长地说道:“任小姐,我觉得你这个同志,可能是在国外待久了，搞得说话做事带上了一股资本主义作风，很不接地气，跟我们社会主义国家，格格不入。”

龚屿汐皱眉看着她，看上去很想把这姑娘的脑袋撬开，看看里面究竟装了什么水。

“我给你追回包包，那是我的职责。怎么就扯到撤诉上面去了？”他下结论，“你这个同志，思想很不单纯啊。”

他说得煞有介事，任苒连眉毛都没有动一下，拉着沾沾就打算离开。

然而牵了两下，没牵动。

她低头一看才发现，沾沾正趴在龚屿汐脚边，不停地用它毛茸茸的大脑袋蹭对方的脚。

龚屿汐站起身来，一脸促狭地看着任苒：“看吧，沾沾都比你有眼光。”

任苒转过头，轻轻皱了下鼻子："不想理你。"

她低头，对沾沾说道："沾沾，我们走。"

龚屿汐目送她离去的背影，脸上露出一个志得意满的笑容。

欸，总算是踏出了第一步。

龚屿汐低头一看，手机正好有人打电话进来，是卢飞宇。

他接起来："喂？"

"喂什么喂？"卢飞宇气急败坏的声音从电话那头传来，"你们在哪儿呢？我在马家巷等你们半天了！"

"什么？"龚屿汐惊讶了，"不是已经完了吗？"

"什么完了？"卢飞宇的声音大得震天响，"我人还在这儿呢！"

"你人？"龚屿汐下意识地说，"不是你重新安排了另外一个人吗？"

他还以为抢包那个男的，是卢飞宇找来的临时演员。

万万没想到，他竟然这么敬业，居然亲自上场。

不对！

龚屿汐总算是反应过来，拔腿就往任苒离开的方向跑去："我以为是自己人，把他放了！"

任苒刚才是一个人走的，抢包的那个人很有可能还在那里，等着报复回去！

"你再这样，我叫人了。"任苒身体贴紧了墙壁，浑身颤抖不止。

那个男人又叫了两个小年轻，将任苒团团围住。他手里拿了把瑞士军刀，不停地朝任苒脸上比画着：“没看出来，原来还是个大美女，刚才只是抢包，没注意到脸，差点儿浪费了。”

任苒把包往地上一扔：“里面的钱给你们，放我走。哦，对了，你们把我的证件还我就行。”

“哟，刚才不是还要叫人吗？”那个男人用手撑住墙壁，将任苒困在其中，“你继续叫啊，我看谁来救你。”

任苒一边不动声色地放开狗绳，一边说道：“你们只要放我走，我就不叫，当然，也不报警。如果不信，你们可以把我手机拿走。”

沾沾察觉到自己不再受制于任苒，瞅准空当，像箭一样冲了出去。

那三个男人猝不及防，吓了一跳，其中一个小年轻连忙问道：“钱哥，怎么办？”

“还能怎么办？走啊！”难不成在这里等着那条狗找人回来吗？

钱哥逃跑还不忘弯腰捡起任苒的包，正打算撤退，谁知才刚刚转身，背上就挨了一脚，他立刻摔了个狗啃屎。等缓过神来，他才看到自己那两个小弟已经被人用手铐铐在了旁边的消防栓上。

钱哥正要爬起来，膝盖弯就被人踩住了。一个清朗的男声在他耳边响起：“只有两副手铐，就先委屈老兄你一下，被我手‘铐’着了。”

他扭过头，入目的是一张相当俊朗的脸，还有点面熟。

钱哥恍然大悟，这不是刚才抓住他又把他放了的那个人吗？

见他张嘴，龚屿汐唯恐他爆出什么来，连忙拍了一下他的脑袋，训道：“刚才一个不留神被你跑了，没想到你还不思悔改，也太胆大包天了吧？”

钱哥一脸萎靡，谁能想到，他做业务做到警察家属身上了。

活该倒霉。

龚屿汐一手控制着钱哥，一边打电话叫来附近的巡警，将人交给他们之后，才有空回来看任苒。

“你怎么样？”

任苒摇了摇头，脸色苍白，还没有从惊吓中回过神来。

龚屿汐见了，乐了。

任苒一见他那样子就知道他在幸灾乐祸，没好气地说道：“你笑什么？你们警察没能保护好人民群众，你还好意思笑！”

“我笑有些人不知好歹，口口声声说我们警察是色狼，尸位素餐，临到被人抢劫不还是要我们警察叔叔吗？”

沾沾已经回来了，正温顺地靠在任苒腿边，连呼吸都是轻轻地。

龚屿汐蹲下身，揉了揉它的大脑袋：“沾沾今天表现真棒，想吃什么我给你买。”

沾沾抬起头，冲他露出一个甜甜的笑容，非常治愈。

任苒冷着一张脸把沾沾从龚屿汐面前拉了回来，十分高傲地说道：“我们沾沾从来不吃外面的东西。我都是给沾沾最好的，富养它，这样它才不会被那些不求上进的穷小子两根火腿肠就骗走了。”

又来了……

任苒对种花的讨厌可能已经深入骨髓，果然，全天下的丈母娘对没什么资本的男孩子追求自己女儿都是一副雷同的面孔。

龚屿汐站起身来：“任小姐，你说话之前多少还是考虑一下，你口中那个‘不求上进的穷小子’它爹还在你面前，刚刚还救了你。”

“是你自己说的，这是你们警察职责所在。”

龚屿汐搬起石头砸自己的脚，被任苒怼得无话可说。

任苒也不是不讲道理的人，她挑了挑眉：“走吧。”

龚屿汐不解：“去哪儿？”

“吃饭啊。”任苒牵着沾沾走了两步，见龚屿汐还没有跟上来，大有“富贵不能淫”的架势，她抿了抿唇，将要溢出嘴角的那丝笑意给消了下去，“行了，我撤诉。这顿饭你总要赴约吧。”

幸福来得如此之快，龚屿汐顿时睁大了眼睛，满脸皆是不可置信。

任苒又不高兴了：“你那什么表情？我在你眼中就是这么斤斤计较不近人情？”

那可不。

龚屿汐心里这么说，嘴上却说道：“怎么可能。任小姐你为人正直，性格温柔，宽容大度，十分体贴。”

话没有说完，人就已经到了任苒身边。他个子很高，即便任苒在女孩子当中，也算是高个子了，但是站他身边，也有种被他的身形笼罩着的感觉。

常年锻炼的身体精瘦而充满了力量，即便是不穿制服，走在人群中也足够令人侧目。

任苒一边跟着龚屿汐的脚步走着，一边心不在焉地想，他这样的人，肯定很招女孩子喜欢。毕竟先天条件摆在那里，还是个富二代……任苒正这么想着，猝不及防，撞上了一堵人墙。

龚屿汐也被她撞得有点蒙，低下头看她：“你怎么了？是不是眼睛刚刚见了光，还没好？”

得，这会儿看上去又有点体贴了。

要是不养那条傻狗，不护短，那就真是太好了。

任苒摇摇头，将自己脑海中出现的这些念头赶出去：“你想吃什么？”

“这里有家广东菜，厨师是从广州专门请过来的，正宗得很。”龚屿汐冲她一偏头，“走吧。”

任苒对吃的没有什么特别爱好，龚屿汐既然都这么说了，也不推辞，跟着他一起，带着沾沾朝餐厅走去。

餐厅里不让带宠物，沾沾只能暂时被寄存在餐厅提供的笼子里。它性格温顺，即便是进笼子也没有吭一声。

看到别人家的孩子这么乖，龚屿汐想起自家那个留级生，也忍不住生出几分艳羡来：“也不怪你看不上我们家种花，你们沾沾性情的确是温顺多了。”

沾沾就是学霸白富美，他们家种花，学渣就算了，还死不要脸。

任苒“哼哼”了两声，那样子活像在说，你还算是有点自知之明。

龚屿汐逗了沾沾几下，站起身来：“沾沾经人训练过体能吧。”

任苒盯着菜单，没往心里去：“不知道。”

“它刚才跑出来的时候，身手矫健，一看就是被人长期训练的结果。我刚刚看了看它的品相，虽然我不是专业驯犬的，但这些天在警犬队泡着，多少还是知道一些，它这样的，是赛犬级的。一条赛犬级的拉布拉多拿来给你当导盲犬，有点大材小用了。”

任苒握住菜单的手微微一顿，随即状若无意般地说道：“所以我在其他地方才不愿意委屈它。”

她将菜单交给旁边的服务生，刚刚转身，就听到龚屿汐冷不丁地冒出来一句：“沾沾是别人送你的吧。”

任苒一愣：“怎么这么说？”

“沾沾经过精心训练，我看你好像也不是很喜欢狗，没道理你一个不怎么喜欢狗狗的人会花精力去驯狗。你眼睛受伤，是突发事件，更加没道理一早就把导盲犬准备着了。何况，训练一条拉布拉多，也不是件容易的事情，不喜欢狗狗的人更加不可能这么做了。”龚屿汐的声音有点漫不经心，“有人送你，这更合理。”

半晌，任苒才轻轻应了一声，算是承认了。

不知道为什么，听到她那声“嗯”，龚屿汐心里好像被羽毛挠了一下，痒痒的，却挠不到实处。

任苒这个样子，一看就知道送狗那个人对她而言很重要，那……究竟是谁呢？她男朋友？

这个念头从龚屿汐脑中一冒出来，就让他忍不住好奇心。他想了想，问道：“有个问题。”

任苒以为他还要问沾沾的事情，下意识地道：“什么？”

谁知，龚屿汐完全没按她想的那样出牌：“任小姐年轻貌美，小小年纪就蜚声国际，身边爱慕者一定甚众，怎么没听你提过你男朋友？”

任苒一下笑出来，正好点心上了。她拿筷子夹了一个，放在碗里，漫不经心地说道："他们喜欢他们的，我只愿意独美。"

那种熟悉的，"你们都别挡我独自美丽"的调调又上来了。

好吧。龚屿汐点点头，这倒符合她一贯的性情。只是，是只想独美，还是心里早就有个人？

猜到答案的龚屿汐突然觉得面前的菜看不香了。

这家广州菜的菜品不错，佛跳墙那么难做的菜都很正宗，足见功夫，连一向不怎么在意吃食的任苒都忍不住赞叹："这家店味道挺好的。"她促狭地看向龚屿汐，"龚警官这么熟悉，被人公款宴请过几次啊？"

"哪里哪里。"龚屿汐谦虚地说，"这家店也就是我家母上大人想吃广州菜，为了照顾自己特意开的。赚钱倒是其次，更重要的是方便自己。"

任苒："敢情闹了半天，你是叫我照顾你家生意来了。"

她面无表情地想，哦，她差点儿忘了，龚屿汐是本市最大的富二代这件事情。

她正要招手叫服务生过来买单，龚屿汐却一副大尾巴狼的样子，继续维持他那谦虚的样子，说道："我们家不是家族生意，这家店我也小小投资了一下。任小姐要是觉得味道不错，还请多多宣传。"

任苒问："你投了多少？"

龚屿汐轻轻吸了口气："家母投了一千万，她代我投了十万。"

任苒："真是让人别开生面的投资比例啊。"

“见笑见笑。”龚屿汐说，“公务员不许做生意，家母就帮我代投了。”

说完，他就坐在那里，等着任苒付钱。

任苒看着他，他看着任苒，两人大眼瞪小眼地对看了片刻，任苒恍然大悟：“这是你的店你还要我请客？”

难怪他家那么有钱，敢情都这么来的！

龚屿汐继续谦虚：“任小姐你既然都说了要请客，我就不敢专美于前了。”

任苒诚心诚意地建议他：“我觉得你回去当个富二代，比你当警察有前途多了。”

Part 05
桃花朵朵开

“昨天晚上，你们怎么样？”一见到龚屿汐，卢飞宇就连忙把他拉到一边，小声问道。

“本来是还可以的，但是……”

卢飞宇：“但是什么？”

龚屿汐脸上有些沉痛：“但是后来就不太好了。她嫌我抠门儿，吃饭还要她给钱，后面……后面我就不知道了……”

“吃饭？”卢飞宇一头雾水，“不是说撤诉的事情吗？怎么扯到吃饭去了？”

“是撤——”

“咳咳！”

龚屿汐话才开了个头，身后就传来一阵咳嗽，他和卢飞宇身体一震，连忙站直了，就见丁局端着保温杯过来了。

丁局目光如炬，投射在他们身上，莫名就让龚屿汐和卢飞宇低下了头。

嘿！不对啊，他们又没做亏心事，低什么头？

龚屿汐和卢飞宇心有灵犀，一起抬头，昂首挺胸，远远看去，好一对共产主义的接班人！

丁局看他们就牙疼，他咧了咧嘴，走到他们两个面前：“我刚才听到你们说什么撤诉之类的事情，龚屿汐，你被起诉的事情搞定了？”

龚屿汐不太确定：“应……该吧，反正她自己说的是要撤诉。”

具体撤不撤，昨天晚上他要是不嘚瑟还能说得准，这一嘚瑟，谁还说得准？任苒反复无常，万一她又不撤了呢？那告诉了丁局，岂不是让他更觉得自己浮躁？

思及此，龚屿汐一个字也不敢多说了。

“撤诉就是撤诉，什么应该？”丁局目光带着几分谴责，“你怎么历练半天，还是不靠谱？”

他转过头来看向卢飞宇：“龚屿汐去处理他的私人事情，你又在其中掺和什么？”

“丁局，话不能这么说，”卢飞宇连忙说，“我这不也是想帮忙吗？”

丁局问：“那你帮上了吗？”

“当然了！”卢飞宇一拍大腿，“丁局你是不知道，龚屿汐这次碰上这个妹子嘛，可能是在国外待久了，居然一点也不接地气，动不动就是投诉投诉，实在不行那就起诉，你说——”

丁局截断他的话：“那也是你们做事情本来就不靠谱！在国外怎么了？她在国外也是我们中国公民，既然是公民，那就有权利有义务监督你们。你们自己工作不扎实，还怪人家监督权行使得不好是吧？哪儿有你们这样的。”

丁局一开始训人就停不下来：“我早就说过，我们执法者的执法手段要与时俱进，跟群众那要时刻打成一片。这个姑娘从国外回来，那很好嘛，你们正好学习一下国外思维，也提升一下我们的服务质量不是……”

龚屿汐默默冲卢飞宇翻了个白眼儿，用表情告诉他：叫你胡说八道。

卢飞宇那个后悔啊，他知道丁局能说，但他没想到自己只是刚刚起了个头，丁局就能长篇大论这么久。早知道他就学龚屿汐了，到了丁局面前，干脆躺平任骂，一个字也不多说。

卢飞宇对龚屿汐抛了个媚眼儿，告诉他：你接受领导训话的次数比较多，你更有经验。

龚屿汐不想看他，转过头，一脸生无可恋。

“行了行了，你们两个那副样子，我知道你们又在心里说我话多。”丁局喝了口水，“说吧，卢飞宇你想了什么办法。”

“好嘞！”卢飞宇终于找到发挥的机会，连忙说道，“那姑娘死活不肯撤诉，唯一的要求就是要把龚屿汐的狗咔嚓了，那怎么行呢？

警犬队选警犬多不容易，肯定不能这样对待人家未来的公务员。这个时候我想女孩子嘛，需要人帮助的时候肯定比男孩子多，要是龚屿汐帮了她，那肯定后面开口让她撤诉就容易得多了呀。

“于是，我打算，假装成劫匪，去抢走她的包包，到时候再让龚屿汐英雄救美，这样一来，撤诉岂不是手到擒来吗？”

丁局慢慢眯起了眼睛，咂出了几分不对来。

卢飞宇连忙补救道：“当然，这只是我的想法，根本就没有来得及实施，因为正好遇见了劫匪，在龚屿汐警官的英勇无敌下，不仅解救了那个姑娘，还把三个劫匪送进了拘留所，现在还在办手续呢。”

丁局看着他们，眼神有点复杂：“你的意思是，你们堂堂两个警务人员，之前还想伪装劫匪？”

龚屿汐连忙说道：“不是，只有卢飞宇去伪装，我还是警察。”

丁局牙齿又开始疼了：“我寻思着，你们在学校的时候老师也不会这么教你们啊，怎么走着走着就走歪了呢？”

龚屿汐阴沉沉地看向卢飞宇，看吧，都是你出的馊主意。

卢飞宇一接触到龚屿汐那个眼神，浑身就忍不住抖了抖，急忙想辩解：“丁局，不是这样的，我们只是——”

“行了。”丁局站起身来，要往自己的办公室走去，“两千字检讨，下班前交我桌子上。”

龚屿汐见丁局要走，连忙要跟上，问问自己的处置结果。

丁局后脑勺像是长了眼睛一样，转过身来：“哦，对了，龚屿汐暂时不能回警队，你继续好好在警犬队历练一下吧。”

龚屿汐一脸懊恼。

他要杀了卢飞宇！

丁局品味了一下他那追悔莫及的表情，莫名觉得这些年被龚屿汐气到飙升的那些血压突然值得了。

但还不够。

丁局咂了一下嘴，放出大招：“我听说，这姑娘挺漂亮的？”

岂止是漂亮。

看到龚屿汐那个表情，丁局就什么都明白了，他凉凉说道：“你们费那么大的心思，一会儿英雄救美一会儿写检讨的，就是为了让她撤诉？呵，龚屿汐，你一米九几的个子，历来也有不少人追，怎么只长个子不长脑子，就不会想想用其他更安全的办法——把她变成你女朋友，还用什么英雄救美啊？”

龚屿汐和卢飞宇齐齐掉了下巴。他们对视一眼，都从对方眼中看到了惊讶：还有这种操作？

他们那副没见过世面的样子成功地愉悦了丁局，他轻蔑地从鼻子里发出一声嗤笑，丢下最后一个炸弹：“卢飞宇从小到大连女生手都没有摸过，他懂什么呀。浪里个浪，浪里个浪，情让人伤神爱更困身……”

在丁局走调到八里外的歌声中，龚屿汐爆发出一阵呐喊：“卢、飞、宇！”

卢飞宇屁股上跟装了弹簧一样，火箭一般冲了出去：“冷静冷静，我也是为了你好，啊——”

眼看好不容易得来的回队机会就这样没了，龚屿汐一连几天都没有精神。

人和狗的悲欢并不能相通，种花在操场上跟着一只蓝色的球追来跑去，丝毫看不出它白天的时候是多么缺智。

龚屿汐一看到它就觉得头痛，他端起保温杯狠狠地喝了一口，还没有咽下去，就听到头顶传来一个揶揄的声音："哟，保温杯里装酒，龚警官好创意啊。"

龚屿汐抬起眼皮一看，发现居然是任苒。

此时，她没戴墨镜，一双眼睛清凌凌的，配上她那副似笑非笑的表情，莫名让人有种雪化春水的感觉。

沁人心脾的气息扑面而来。

龚屿汐脑子里莫名就冒出那天丁局说的那句话，一向脸皮厚的他，居然破天荒地脸红了。

任苒等了许久都没等到龚屿汐的回答，忍不住问道："怎么了？还真是酒啊？"

她说着就要去拿龚屿汐的保温杯，他没有准备，正好被她的手碰了个正着。一道电流，飞快地传过龚屿汐全身，让他不由得打了个激灵。

正是这个激灵，让他那口还没来得及吞下去的水呛在喉间，呛得他死去活来。

他眼泪汪汪地想：都怪丁局，没事儿乱点什么鸳鸯谱！

任苒以为是自己刚才那一闹让龚屿汐呛住了，有些尴尬地站在一旁："那个，抱歉啊，我……"

"不关……咳咳，不关你的事。"龚屿汐只觉得半边身体都麻了，连忙转移话题，"你怎么来了？"

"喏。"她给龚屿汐看了一下狗绳，"沾沾回去之后就茶不思饭不想的，我寻思着本市能让它不套绳子放心狂奔的地方，也只有你们这儿了。"

她说着解开了沾沾脖子上的狗绳，放它离开："小心点儿啊，你肚子里还有孩子呢。"

她话还没说完，沾沾就撒开腿，狂奔了出去。

种花看到它，豆豆眼里立刻放出光芒，唯恐人家不知道它是条色狗一样。

看着沾沾跟种花玩得那么欢快，任苒心里颇不是滋味儿。她像个被女儿丢掉的老母亲一样，一股"女大不中留"的心酸感油然而生。

更别说那条拐走她女儿的色狗还那么不求上进。

唉，算了算了。

任苒站在那儿郁郁地想，只要她家沾沾喜欢就好，大不了，她出钱给买房，养它们，就当她家沾沾包养了个小白脸，反正她也不差一份狗粮钱。

其实这样也好，沾沾要是能占据家中经济主导权，在家庭里面也更有话语权，她就不用担心那条傻狗会欺负它了。

老母亲任苒片刻之后就说服了自己，但即便是这样，她看种花还是不顺眼。

也对，种花这样的，恐怕没有几个家长能看得顺眼。

龚屿汐看着任苒的表情，从失落变成欣喜，又变成愤恨。眼看她拳头握得紧紧的，龚屿汐唯恐她等下一个想不开，暴起咬人，连忙打断了她的思绪：“你怎么进来的？”

“托了你的福，我说进来找你，他们就放我进来了。”任苒坐到龚屿汐旁边，“谁知道进来就看到你在……”任苒凑近他保温杯闻了一下，“借水浇愁。怎么，你们警队连酒都不许喝？”

“嗯。”龚屿汐淡淡应道，“我们时刻准备着出警，要是喝了酒，就不好了。虽然现在到了警犬队，但这么多年养成的习惯改不过来了。”

“对了。”任苒忽然像是想到了什么，“你怎么还没有回警队？”

提到这个事情，龚屿汐就一言难尽。他那个表情落到任苒眼中，莫名就让她有点心虚。她缩了缩脖子：“那什么，我虽然没有撤诉，但是应该也不会影响你回警队吧？”

“什么？”龚屿汐的声音陡然提高了八度，“你没有撤诉？”

任苒一见他那样子，脖子缩得更厉害了：“对啊，因为这个案子根本就没有律师愿意接，我也不知道怎么打，只能先起诉了再说。但法院那边，驳回了。”

她要赔钱还好点儿，但她是缺钱的人吗？她想要种花那啥被“咔嚓”了，法院怎么可能支持？

龚屿汐一听，人都愣住了，下意识地重复道：“驳回了？”

任苒赶紧点头：“驳回了。”

“驳回……既然驳回了，为什么老丁要让我来找你说撤诉的事情？”

“可能……”龚屿汐那副样子大有走火入魔的嫌疑，任苒默默地离他远了点儿，“可能是，你们局长没有听清吧，就……”

“不可能。”龚屿汐反应过来，沉吟片刻，摆了摆手，“不可能。”

他不知道是想到了什么，咬牙道：“他是故意的。”

没见这次自己让任苒撤诉了，他也没有让自己回队里吗？

那是因为，丁局觉得，他的历练还是不够，他还是不够沉稳。

龚屿汐这二十几年一直顺风顺水，却在上次任务中栽了个跟头，不光是他栽了跟头，还带领大家一起栽跟头。如果他只是个普通民警，那倒还好，关键他现在是刑侦大队的副队长，不出意外，过几年就可以升队长了。那个时候，他要面临多少案子、多少险情？继续把他像是温室里的花朵一样娇养着，过个几年，他如何独当一面？

老丁这是一方面不忍心看到好不容易培养出的苗子在温室里夭折，另一方面，也的确是没人可培养了。

这些年，警校招生，几乎是年年招不满。

是啊，现在大家经济条件整体都不错了，谁愿意把孩子送到警校，挨训挨操呢？谁愿意天天不回家，不是在办公室就是在抓坏人的路上，一个月领着那点工资，在S市这样的大城市什么时候才能买套房？谁愿意连个谈恋爱的时间都没有，老婆孩子快成手机宠物，大过年的还要站岗执勤、值班守夜？

警校招生已经困难，警力一直紧张，不得不把目光瞄准公务员考试。是，是有不少人愿意端上这个铁饭碗，可那只是针对基层派出所。

像市公安局这样的地方，一个二十多年都没有训练过、没有经过专业培训的普通民警，想要履职，有多难？

好不容易有个龚屿汐，身体过关，科班毕业，根正苗红，难得自带万贯家财，不太容易有经济问题，谁都看得出来是个好苗子，不可劲儿培养他培养谁？

没有谁可以给他培养了。

丁局卸任以后，谁还能来挑大梁？年轻一代，真的难找啊。

龚屿汐站在警犬大队的后操场上，夜风灌了他满满一个胸膛，心肝脾肺肾都是冰凉的。但慢慢地，一点儿暖意从夜风中挣扎着出来，像燎原的星火，席卷了他整个五脏六腑。

任苒看着龚屿汐半晌不吭声，以为自己把他得罪狠了，磕磕巴巴地补救道："那什么，我也不是故意要骗你啊，谁知道你那么好——"她差点儿把后面那个字也说了出来，还好反应快，赶紧吞下去了。谁知舌头牙齿打架，她舌头被咬到了，痛得她眼泪直打转。

龚屿汐万万没有想到，事到如今她居然还要嘴硬。他怒从心头起，恶向胆边生，对任苒说道："其实我也有件事情要告诉你。"

他语气幽幽的，莫名让任苒感到了一丝危险："什、什么？"

龚屿汐讷讷地道："其实，那天你被抢劫，原本是我安排的。但是中途出了岔子，我安排的那个人没来，结果你刚好就被真的劫匪抢了——"

"龚、屿、汐！"他话没有说完，迎面就撞来一个篮球，任苒的声音响彻整个后操场，"你完了！"

“呼——龚、龚屿汐，有本事你别跑。”任苒双手撑在膝盖上，气喘吁吁地看着不远处那个可恶的男人，眼中全是愤恨。

龚屿汐并不怕她，还要挑衅：“我为什么不跑，跑就是我的本事。”他贱兮兮地说，“你追不上拿出你的本事来啊，你的本事不是投诉吗？那你去投诉我啊。”

任苒咬牙切齿。

有个人真的是得意忘形了。

她恨恨地看着龚屿汐：“龚屿汐，你真不怕得罪我？我现在找不到你可以投诉的地方，我抽一个月专门去你们单位门口堵你，我就不信找不到投诉的点。”

她这么一想，像是抓住了龚屿汐的死穴，也不跑着去打他了，一屁股坐到草地上，毫无形象。

“喂。”龚屿汐走到她面前，“地上有这些狗崽子拉的那什么，你不要你这身衣服了？”

任苒翻起眼睛看他，目光恨不得杀死他。

这个行为不知道哪里戳到了龚屿汐的笑穴，他哈哈大笑起来，笑完伸手到任苒面前：“起来吧。”

面前这只手修长有力，因为长时间锻炼和握枪，从掌心到指尖，都有一层厚茧，但莫名地就让人觉得安心。

龚屿汐见任苒一直不吭声，才意识到自己这个动作有点孟浪，连忙轻咳了一声以缓解尴尬：“那个——”

一只修长白皙的手伸过来，拉住了他的手。

手细腻得好像小时候玩过的蜡一样，入手温润，跟他的手完全不一样。龚屿汐下意识地握紧了她的手，却又不敢太用力，唯恐不小心把她的手捏碎。

她借着龚屿汐的力道站起身来，轻拂了一下腮边的头发："你刚刚想说什么？"

想说什么？

龚屿汐下意识地把手往身后一藏，连忙说道："忘了，不记得了。"

碰过任苒的地方好像有一簇小火苗一样，"噌"的一声，燃烧了他半边身体，硬是把龚屿烧了个半身不遂。

空气里莫名有些尴尬，连带夜风送来的花香都充满了暧昧。任苒眼睛到处乱看，就是不落到龚屿汐身上："那个，我看时间也差不多了，就先——"

话音未落，一个白色的身影蹿到她面前，任苒猝不及防，当即被吓得叫了出来："啊！"

她下意识地往龚屿汐身边躲，躲到一半才发现不是别的狗，而是沾沾。

沾沾偏着头，眼睛湿漉漉地看着任苒，看上去可怜极了。

任苒轻咳了一声，也觉得有些抱歉。她走上前来，试了几次，终于轻轻抱住了沾沾的头："那个，沾沾，不好意思，我刚才没注意到是你。"

沾沾将头靠在她肩膀上，轻轻"嗷呜"了一声，温顺极了。

任苒慢慢适应着沾沾，感觉到它不会伤害自己，终于放下心来，让沾沾靠在自己身上。她身体还有点僵硬，但也在尽量适应，看起来，她也在不知不觉中，慢慢适应身边到来的这个新成员。

龚屿汐看着沾沾那样子，轻轻皱了皱眉："沾沾是不是哪里伤到了？我看它精神好像不是很好。"

"嗯？"听他这么说，任苒连忙将沾沾从自己肩膀上拉下来，仔细检查了一下，没在它身上发现伤口，但沾沾的确是精神不好，眼睛湿漉漉的，好像有泪在眼眶一般。

"对了。"她忽然想到什么，问龚屿汐，"你家那条傻狗呢？沾沾刚才还跟它一起的。"

沾沾像是能听懂任苒说的是谁一样，"嗷呜"一声，情绪更低落了。

任苒立刻警觉起来："肯定是你们家那条傻狗惹我们家沾沾伤心了。种花狗呢？"

"欸，没有证据的事情，你不要动不动就扯到种花身上好吧？"龚屿汐护短的情绪也上来了，"不定是什么呢，你——"

他后面的话消失在了喉间，因为不远处，种花正跟两条小狗撒欢，不时在它们身上蹭蹭，看上去很是亲密。

打脸来得如此之快，就算龚屿汐想要护短也不行了。他大喊一声："种花！"

种花充耳不闻，跟那两条小狗玩得正欢。

"哼哼。"任苒冷笑两声，仿佛两个耳光狠狠地扇到龚屿汐脸上。

他脸颊发烫，没好气地继续叫种花："种花！过来！"

种花抬起眼睛看了他一眼，马上又低下头去蹭那两条小狗了。

龚屿汐怒极了。

他今天不把这条傻狗办了，那些被他关进监狱的犯罪分子都不服！

龚屿汐高喊一声："种花，过来吃肉！"

"肉"字一出口，种花那双豆豆眼里立刻射出精光，"嗷呜"长啸一声，连身边那两条小狗都不要了，飞奔着朝龚屿汐跑来。

"哼。"任苒面露鄙夷，"果然是狗中渣男，它最喜欢的只有它自己。"

谴责像一道鞭子狠狠地抽在龚屿汐身上，他面露羞惭，低下头，还想帮种花找补两句："那什么，这是天性，改变不了。"

"你们男的的天性吗？"任苒没好气地看了他一眼，提取公因式，对所有男性的本性一言蔽之，"渣！"

龚屿汐好像被大山压住了一样，被这个字瞬间压弯了脊梁，整个人都塌了几分。奈何种花完全不知道它家老父亲的心酸，冲过来之后就伸着舌头朝龚屿汐喘着粗气，活像在问："肉呢？肉呢？肉呢？"

"肉肉肉，就知道吃！"龚屿汐气不过，一巴掌甩到它头上，"你训练的时候都没有这么积极。"

种花不以为耻，反以为荣，被龚屿汐骂了，非但不反思，反而冲他露出一个龇牙咧嘴的笑容。

龚屿汐感觉眼睛辣辣的，但还没有忘记正事，蹲下身拉过种花，指着对面的沾沾说道："你老实告诉我，刚刚你对人家沾沾做什么了？"

看到种花，沾沾大眼睛里露出几分雀跃和小心翼翼来，身体也试探着想要凑过去。谁知它才刚刚一动，种花就像它是什么病毒一样，连忙往龚屿汐身后撤去。

明晃晃的嫌弃让沾沾低声呜咽，就连龚屿汐都看不下去了：“种花，你什么毛病？”

种花根本不管他，正好刚才那两条小狗又来找它，它立刻欢欣鼓舞地将脸转过去，现场上演了一出什么叫“负心薄幸”。

沾沾眼睛里的光暗淡了，一直的期待也熄灭了。可是种花那条蠢狗根本就看不到，见龚屿汐是骗它的，欢天喜地地追那两条小狗去了，连眼神都没有给沾沾一个。

沾沾“嗷呜”一声，声音哀婉，莫名就让人有些心酸。

龚屿汐也不知道该说什么了，他沉吟片刻，正要开口，却见任苒傲然说道：“你什么都不必说了，现在算是亲眼看到，你的好儿子有多过分了吧？当初不是我骗你。”

她说完，牵着沾沾：“沾沾我们走，我给你找个高富帅，气死它。”

她说着就拖着沾沾朝大门走去，背影搞笑中又带了点儿倔强，还有那么几分高傲。

“啪！”

一盏白炽灯亮起。逼仄的小房间里，灯光惨白，让人心里发慌。

里面的布置一览无余：小桌子后面有把椅子，隔了两米远，就是一个装了防护栏的位置，跟平常在刑侦纪录片里看到的审讯现场几乎是一模一样。

龚屿汐面沉如水，拉开椅子坐到对面，沉声说道：“交代吧，说说你都干了些什么？”

“刺溜”一声，防护栏里的椅子蹿上来一条狗，无视当下的紧张气氛，冲龚屿汐摇头晃脑，还咧开嘴，卖了个丑萌。

“你别给我来这套！”龚屿汐一拍桌子，怒道，“我见过的犯罪嫌疑人多了，比你更穷凶极恶的都有，赶快老实交代，还能争取宽大处理。说！你这几天背着我究竟干了什么？”

种花被龚屿汐拍桌子的声音吓得缩了缩脖子，它像是一坨肉一样堆在椅子上，因为长期不训练，肚皮上全是褶子，不注意看还以为它基因变异，要变成沙皮狗了。

龚屿汐面色冷淡，非常具有威慑性，种花“嗷呜”两声，用爪子捧着丑脸，想继续跟龚屿汐卖萌，以求蒙混过关。

可龚屿汐根本不是那种会被美色迷惑的铲屎官，况且种花本身姿色就不佳，这招根本没用。龚警官铁面无私，继续一拍桌子：“还跟我打太极！做了什么事情，你自己还不清楚吗？我本来以为你资质平庸，只要肯努力肯刻苦，总有一天能毕业，但没想到你居然一边跟人家谈恋爱，一边还要吊着两个。”

龚屿汐说到这里，再也维持不下去自己“铁面侦探”的角色，站起身来走到种花身边，围着它转了两圈儿：“没看出来啊，我真没看出来。你说你要钱没钱，要才没才，要貌没貌，连身材都没有，你说你怎么就能找到沾沾那么一个性格温柔的女孩子呢？”

这真是一个未解之谜。

种花用前爪捂住脸，羞涩地“嗷呜”一声，告诉龚屿汐：我也不想的，都是我太招女孩子喜欢了。

龚屿汐瞥了它一眼，从兜里掏出一张纸，“唰”地打开：“种花，牧羊犬一只，一岁半，因为欺骗女性感情，判处早起晨练三个月，加大训练力度，剥夺吃肉权三周。”

种花脸色一变，立刻要跳起来抢他手中的那张纸，然而龚屿汐早就猜到了，手轻轻一抬，根本不给它机会。

他将那张纸一收，低头瞥向种花，慢悠悠地补充了一句：“此判决为终审判决，不许上诉。”

“嗷——”种花惨叫一声，双爪捂脸，再也不想面对这个惨淡的世界。

沾沾回家之后就一直郁郁，就连任苒的小助理都看出来了。她将相关材料给任苒拿出来：“那个普化真是好大手笔，为了他老婆，居然自己去找了缂丝手艺传承人，按照任老师你的要求，做了几套礼服出来。”

不管年纪多大，女孩子可能对洋娃娃都没有抵抗力，尤其是还能换装的那种，更别说换的装还美轮美奂。

任苒轻笑一声，语气里带着几分不易察觉的尖酸和刻薄：“毕竟人家是真爱嘛。”

龚玥当初抛弃恋人也要到普化身边，不是真爱又是什么？说钱那不是玷污了他们神仙一样的感情？

小助理没有听出任苒话里的刻薄，又感叹了一下普化的大方。她见沾沾趴在一旁，连眼睛都不抬一下，跟以往那个甜姐儿大相径庭。小助理连忙问道："任老师，沾沾这是怎么了，看上去不太舒服。"

任苒将娃娃的头拿出来，换了几换，终于找到一个跟龚玥脸型差不多的，她一边工作一边漫不经心地说道："还能怎么，为情所伤。"

听到一条狗都有自己的感情了，这辈子都还没有被伤害的机会的小助理一瞬间觉得自己连条狗都不如。她站在原地，只觉得高楼的风嗖嗖地往她身上吹，吹得她遍体生凉。

突然，一只手搭上她的肩膀。

"人不如狗很正常，不要太伤心。"任苒说，"去把这个模型拿去工厂，跟他们对接一下，龚玥的娃娃就按照这个样子做了。"

被打击得不成人形的小助理行尸走肉一般离开了。

等她走了，任苒才坐下来，手放在沾沾头顶，迟迟不摸下去。

"罢了。"看到沾沾那双湿漉漉的眼睛，任苒叹了口气，克服了心理恐惧，慢慢地将手放在它头上。

沾沾也感觉出任苒有点怕它，也不乱动，用头轻轻地顶着任苒的手心，等到她适应了，才慢慢地将自己靠了过来。

任苒一瞬间全身汗毛倒竖，但慢慢地，沾沾的体贴让她放松下来。她轻轻摸了摸沾沾的头，跟它说道："真是个可怜的小朋友。"

沾沾呜咽一声，表示它很伤心。

"你别伤心了，为个渣男不值得。肚子里还有孩子呢，小心被碰坏了。”任苒说，“你放心，我一定不会让伤害你的那个渣男好过的。”她眼中闪过一丝光芒，“我会让你嫁给一条样样都比它好的狗，让那条渣狗后悔去吧！”

任苒说到做到，吃了午饭，就牵着沾沾去了警犬大队。

她到的时候龚屿汐正在操场上训练种花。这段时间一不留神，种花站起来肚子都能挨地了。它这会儿累极了，瘫在地上，舌头伸在外面，唯恐散热不够把自己累死。

龚屿汐见到任苒，下意识地就紧张起来：“欸——”

“龚警官，辛苦啦。”任苒冲他露出一个笑容。

根据龚屿汐这些日子来跟任苒斗智斗勇的经验就知道，她这个笑容大有深意。

他连忙说道：“不辛苦不辛苦，应该的。只是任小姐你……你今天怎么有空莅临我们大队？”

任苒学着他，假模假样地说道：“龚警官言重了，我今天来就是过来看看你。”

她越笑，龚屿汐就越觉得浑身上下都不舒服，他连忙说道：“任小姐你真是客气了，完全不用啊，哈哈哈哈。对了，种花如今正在训练中，相信过不了多久，它就能毕业的。而且，我也惩罚了它，三周不许吃肉，惩罚过后，它应该也会知道错了。”

“哦，是吗？”任苒完全不关心，高高在上地瞥了一眼种花，“能把它带到毕业，龚警官劳苦功高。”

她这会儿眼睛好了，找不痛快的时候眼睛里带着几分淡淡的讥诮，非常招人烦了。她轻轻掠过种花，对龚屿汐说道：“其实我今天来，也不是真的没事。”

龚屿汐立刻警醒：“什么事？”

“哎呀，龚警官你不要这么紧张，你这个样子搞得我好像什么坏人一样。”她刚刚说完，龚屿汐就在内心疯狂弹幕：难道不是吗？这位姐每次到他面前来都伴随着腥风血雨，她不是坏人胜似坏人好吗？

任苒可不知道他此刻内心的想法，径自说道：“我今天过来呢，是有一件事情想你帮忙的。”

她说着，把沾沾拖了过来：“你也看到了，我们家沾沾失恋了，我想给它找个对象，让它忘记上一个渣男给它的伤害，你们警犬大队资源丰富，你给介绍介绍呗。”

“咻”的一声，刚刚还瘫在地上的种花像是听到了号角声，猛地站了起来。

Part 06
一枝红杏出墙来

种花睁大一对狗眼，目光灼灼地看着龚屿汐，弄得龚屿汐就算想要忽略也没有办法。

原本不想管它的，可架不住是自己的狗，龚屿汐还是硬着头皮干笑了两声，说道：“这……这不太好吧？沾沾这不是才刚刚失恋吗？你怎么就知道它要恋爱了呢？也可能还没有走出来呢。”

任苒理所当然地说道：“让它继续郁郁寡欢，当然要很久才能走出来了，如果很快开启下一段感情，让它沉浸在新恋情中，过不了多久，它就会把之前的那条渣狗忘掉的。道理如此简单，龚警官难道不懂吗？”

龚屿汐头疼。

他一个人为什么要懂狗的爱恨情仇？

这句话到了龚屿汐嘴边，又被他硬生生地咽了下去。他继续干笑：“你说得也对，你说得也对。”

“只是——”龚屿汐话音一转，“道理是这么个道理，但找个对象也不是那么容易的吧，你没看到现在剩男剩女这么多——”

“当然不会很麻烦你了。”任苒面露假笑，“只需要龚警官答应让沾沾在后操场走一圈，剩下的，自然就不用操心了。”

龚屿汐表情僵硬：“是……是吗？”

任苒回过头来，面露微笑：“当然是了，难不成我们家沾沾还要在一棵歪脖子树上吊死吗？”

“歪脖子树”听到自家丈母娘这么评价它，“嗷呜”一声，歪倒在地，再也起不来了。

看到种花如此受不得刺激，任苒从鼻子里轻哼一声：“早知今日，何必当初。渣狗！”

女性在针对渣男这件事情上是天然的同盟，不管这个渣男究竟是人是狗。总之，骂就没错。

她高贵冷艳地瞥了龚屿汐一眼，站起身来，牵着沾沾，就从种花面前离开了。

种花微微睁了睁眼睛，满脸虚弱，想用自己的可怜激发沾沾的怜爱。沾沾果然犹豫着停下脚步，看上去十分舍不得它，正要亲近，不远处又传来任苒的声音：“沾沾，你怎么记吃不记打？你忘了这条渣狗当初是怎么对待你的吗？”

沾沾浑身一震，仿佛又想起了那天晚上它被种花丢在一旁跟两条小狗嬉戏玩耍的场景，顿时目光坚定，再也不看种花一眼，连忙小跑着跟上了任苒的脚步。

“嗷呜……”种花凄惨地叫了一声，妄图换回一点儿往日情谊，换来的却是沾沾的毫不留恋。

它半抬起身子，痴痴地看着沾沾离开的背影，脸上全是追悔莫及。

龚屿汐走过来，轻轻拍了拍它的头：“叫你三心二意，现在知道伤心了吧。”

“龚警官——”

前面传来任苒的声音，龚屿汐连忙跟上，便听任苒说道：“我对这里不熟，还要麻烦龚警官介绍一下。”

她目光灼灼，看着龚屿汐那一瞬间，他的心里就冒出一个念头：难怪人家都说最毒妇人心。任苒这分明就是不想种花好过，故意要让它目睹自己的心上狗到别家狗狗怀抱中的场景。

歹毒啊歹毒，实在是太歹毒了！

种花还是太年轻了，居然敢惹女人，一点儿都没有继承到他的聪明才智。看他，从来不敢惹任苒。

任苒明晃晃地告诉龚屿汐，她就是这么打算的，而且还根本不给龚屿汐和种花反应的时间，说完就转过头对着操场上的那些狗指指点点。

“这个身材矫健，体型匀称，看上去不错呀，沾沾你觉得呢？”

龚屿汐默默瞥了一眼种花快要贴到地上的肚子和它越来越肥的臀部。

它连忙收腹缩臀，努力让自己看上去胖得不那么明显。

“这个也可以，挺聪明的，指导员让它叼什么就叼什么，听得懂人话也好沟通。”

龚屿汐又默默地瞥了一眼种花。某条狗今天上午耗费了他大半天的时间，依然是指蓝球叼绿球，指绿球叼红球。

“咦，它也不错。虽然还小，但是可以‘养成’。把一条小奶狗培养成自己想要的样子，不仅符合心意，还很有成就感。就是可能暂时经济上拮据一些，不过那也没什么关系，反正我们家沾沾又不缺钱。”

龚屿汐又瞥了种花一眼。看吧，连人家小奶狗都打不过了，要它还有什么用？

丈母娘的话像是一支支箭，狠狠地扎在种花的心上，它膝盖被扎成马蜂窝，战都站不起来了。

“嗷呜……”种花低鸣一声，干脆“啪嗒”一声趴在地上，死了一样，一步也不肯挪动。

龚屿汐看着它，轻轻叹了口气。他虽然于心不忍，但也不好多说什么，毕竟是自己理亏在先。

他转过头，朝种花比了个口型：“活——该——”

“嗷呜……”种花双爪捂头，痛苦不已。

趁着放风，任苒把沾沾放开，任由它去跟那些大狼狗小奶狗玩耍。

种花眼睁睁地看着沾沾离它而去，却无计可施。

一道白色的身影走到种花面前，它默认的丈母娘蹲在它面前，冷笑着说道："看吧，这就是你抛弃我们沾沾的下场。它那么好，你辜负了它，但有的是人喜欢它。"

种花委屈巴巴地眨着豆豆眼，"嗷嗷嗷"地告诉任苒它知道错了，可是任苒根本不给它机会，站起身来，傲然地看着场中玩耍的沾沾。

自从那天沾沾来了警犬大队之后，任苒就时不时地带它过来。任苒自己仙气飘飘的，连带着沾沾也文文静静，招狗好感。

沾沾在警犬大队相当受欢迎，有了小伙伴的陪伴，沾沾也渐渐走出阴霾，不复之前颓丧。

这可就苦了种花。

种花每天看着沾沾跟其他狗狗嬉戏，面色一天苦似一天，一天比一天提不起精神。

种花现在才知道，原来有些狗是替代不了的。沾沾早已经印在它的心上，再也赶不出去了。

早知道，当初它就不应该去找那两条小狗，看吧，还失去了它最爱的沾沾。

真是悔不当初啊！

"起来，训练了！"龚屿汐一走进来就看到种花趴在地上。

听到他来了，种花懒懒地掀了掀眼皮，一丝多余的力气都不想出。

"你那什么态度？"龚屿汐轻轻踢了种花一脚，"再不起来训练，你家女神就真的要被其他狗拐跑了！"

“嗷呜……”种花低呜一声，告诉龚屿汐，跑了就跑了，反正也不属于它。

沾沾，不是它的了！

一想到这个事实，种花就不禁悲从中来，两行眼泪从眼角滑落，哭到动情处，还不停抽噎，脊背一耸一耸的，看上去可怜极了。

“嘿？”龚屿汐像是发现了什么了不得的事情一样，连忙凑近了，“你还哭啊？你居然还哭？”

种花一向脸皮堪比城墙，这会儿居然哭了。突然之间长了羞耻心，龚屿汐都要惊呆了。

种花听到他这么说自己，更悲愤了，连忙用爪子捂住脸，根本不给他看，头埋进前爪，哭了个酣畅。

龚屿汐第一次看到狗哭泣，觉得非常新奇，干脆也不训练了，搬了个凳子坐到种花旁边，仔仔细细、全方位地看它哭。种花可能是哭累了，换了个姿势，继续哭。龚屿汐看了许久，刚开始的新鲜劲儿已经过了，越看种花这张丑脸越觉得看不下去，拍了拍它的背，懒洋洋地说道：“欸，你行了哈，哭过了就算了，谁让你自己不珍惜的。”

种花抽噎了两下，根本不理他，继续哭自己的。

龚屿汐看到它这样子，叹了口气：“这也不怪人家，谁让你对人家始乱终弃呢——”

话音未落，种花就猛地抬头，冲龚屿汐狂吠起来：“汪汪汪！”

“行行行，你那不是始乱终弃，你只是犯了天下男人都会犯的错——”

种花更不干了，跳起来冲他“汪汪汪”。

“好好好。”龚屿汐安抚道，“你就是开了个小差，小差，行了吧？”

说完，龚屿汐就嘀咕：“开个小差能把自己女朋友开没，你这个小差也够大了。”

种花捂着眼睛，“嗷呜”一声，叫得百转千回，让人不忍苛责。

龚屿汐看着它，到底是自己家的狗，骂也骂了，该指点的还是要指点：“行了，你哭也哭了，情绪也宣泄了，赶紧起来训练。”

一听到“训练”两个字，种花干脆连肩膀也不耸了，直接趴在地上装死。

龚屿汐像每一个生了学渣孩子的家长一样，硬是要让学渣发愤图强、悬梁刺股，考个清北出来：“行了，哭完就算了，该干吗干吗。”

种花臊眉搭眼地蹲在地上，还是不起来。

龚屿汐有限的耐心终于告罄，不耐烦地站起身来，拽住种花脖子上的项圈，硬生生地把它从屋子里拖了出去。

龚屿汐目瞪口呆地看着再次被栏杆拦住，摔下来的种花：“这都已经是第 29 次了，你还跨不过去吗？”

种花捂住脸，仿佛无言以对，冲着龚屿汐“嗷呜”了一声。

今天的训练不知道失败了多少次，他让种花给他叼蓝球，种花叼个绿球，让它叼绿球，它又叼个红球；让它跨栏，高度一降再降还是跨不过去；让它游泳，还没下水就在空中狗刨；让它跑步，成绩还不如隔壁那个一个月大的小狗崽。

龚屿汐都快被它给搞崩溃了。他走过去握住种花的肩膀，不停地摇着它："振作呀哥，我叫你哥行不行？这样下去你何年何月才能毕业？"

难怪丁局把他派过来训练种花，敢情把它训练成才是地狱模式，他如果真的把种花训练出来了，恐怕离得道升仙也不远了，到时候别说什么回市公安局刑侦大队，就是二郎神的位置他也能坐。

种花被他摇得整个身体都不由自主地跟着一起晃动，狗头一前一后，跟个摇摇车一样，仔细看它已经眼冒金光。原本就不清醒的脑子被龚屿汐这么一晃，更是把它的脑子搅成了一锅糨糊。

好不容易等到龚屿汐累了，他总算是肯把种花放开，一屁股坐到它面前，语重心长地说："种花，别说你这样毕不了业，就算你毕了业，照你这个态度走上工作岗位，想要胜任工作也很困难。身为一名警务人员，到时候老百姓怎么安心把自己的安危交给你？"

种花瘫在地上跟快死了一样，"嗷呜嗷呜"地叫。龚屿汐说的这些话，它一个字也听不进去。

龚屿汐也发现了。他被种花给气到了，索性双手叉腰转过头来看它："行了，我知道你听这些是听不进去的，那我再来跟你说一些非常现实的问题。

"你那个未来丈母娘你也看到了有多嫌弃你。别说你开小差，不理沾沾，就说没有这回事，想要得到她的认可，娶到她的女儿，也不容易。

"你要房没房要钱没钱，论血统也不是很高贵，你爸爸我虽然是个富二代，但是我爸爸的钱我都还没有继承，哪能轮得到你？钱又没有女方多，能力又没有女方强，你说说人家怎么可能看得上你？也可能是沾沾被关久了，在国外没有见过什么世面，突然到了国内，见到你会花言巧语，一时之间迷了心窍，跟你在一起了。时间一长，人家未必会愿意跟着你走。”

“儿子，”老父亲龚屿汐抓住种花的前腿，语重心长地说，“提升自我核心竞争力才是关键啊！”

“哟，这么大清早的就来训练，龚警官你们很忙啊。”说曹操曹操到，前脚龚屿汐还在跟种花痛斥他未来丈母娘是多么的恶毒，后脚任苒就牵着沾沾走过来了。

沾沾换了个新造型，浑身上下的毛洁白如玉，看上去英姿勃发，令狗向往。种花看到它的第一瞬间，下意识地就要站起身来，觍着脸朝沾沾求亲近。可是它才刚刚一动，沾沾就仿佛它是什么有毒垃圾一样，连忙往任苒身后躲去。

沾沾这种行为，像是一支箭狠狠地插到了种花的心上。它当即“嗷呜”一声，倒在地上，四肢不停抽搐，伤心不已。

龚屿汐不忍心看到它这么丢人现眼，连忙拍了拍它的肚子，示意它站起来。他戒备地看着任苒：“你来干什么？”

“不干什么。”任苒笑眯眯地说，“大家好歹是熟人，过来打个招呼不行吗？噢，对了。还有个好消息忘了告诉你，我们家沾沾最近谈恋爱了，我带它过来见它男朋友。”

话音未落，就见一条黑白相间的拉布拉多从远方跑了过来。沾沾见到它也十分高兴，当即跟它欢快地嬉戏了起来。那只拉布拉多还将自己省下来的肉肠小心翼翼地放到沾沾面前，满脸皆是讨好。

任苒对那条拉布拉多的反应十分满意，她轻蔑地瞥了一眼种花，轻哼了一声，高贵冷艳地离开了。

等到她走了，龚屿汐再也忍不住，一巴掌拍在种花肚子上："看到了吧，你不努力你女神就是别的狗的了。"

"你看看你看看，"龚屿汐随手一指，操场上的其他狗狗个个英俊神武，就他儿子是一坨烂泥，怎么扶都扶不上墙，"人家天生就比你优秀，还那么努力，你却天天混吃等死，沾沾不离开你才怪！"

种花跟着龚屿汐的手看过去：操场上，这条狗矫健地钻过了火圈，那条狗准确无误地做出了算术，那边那条狗在教导员的指引下翻出了两个地雷……

它再看看自己，训练了这么久，一事无成，除了多出一身膘，再也没有其他的长进了。

不远处，两条拉布拉多嬉戏的身影看上去和谐极了，沾沾也不复之前的文静，变得活泼又可爱。

阳光照过来，种花眼睛酸酸的。

爱情啊，难道要离它而去了吗？

不行！

它不能就这么看着自己的心上狗到别狗身边。龚爸爸说得对，男狗要提升自己的核心竞争力，除此之外，什么巧言令色，什么甜言蜜语，最终都只是锦上添花的东西。只有拥有了核心竞争力，才能将它的心上狗重新挽回。

种花那双豆豆眼里迸发出坚毅的光彩。它决定了，从现在开始它要努力训练，要给自己的心上狗撑起一片天。

它说到做到！

种花“咻”的一声站了起来，浑身上下的肥肉都绷紧了，尽管体型还是那么臃肿，但已经有了一种有别于之前的精神。

这种反差连龚屿汐都感觉到了，他下意识地朝种花看去，只见它神情肃穆，风吹过它的毛发，隐约之间有种不怒自威的风范。

咦？这还是他认识的那条贪吃好色的狗吗？

不等龚屿汐研究清楚，种花就迈开四条腿，义无反顾地朝前奔去。

不得不说，有的时候反向激励，的确是一种让人快速上进的好办法。正是因为有了那天沾沾在种花面前跟其他狗亲近的事情，这些日子种花的训练比之前顺利多了。

龚屿汐当然也没有放弃这个机会。他唯恐种花是三分钟热度，训练着训练着，见到太辛苦又不肯动了，于是趁着对它的激励还在，加紧训练，一段时间下来倒是小有成效。

“所以说你这个狗真的是不知好歹。”龚屿汐牵着种花，一边朝打靶场走去，一边说，“我之前好言好语，又是物质奖励，又是精神鼓励，你总没有这么上心，那天看到你心上狗跟其他狗在一起玩儿，你就受不了。

“早知如此，何必当初？”

龚屿汐抬起头来，眼睛放空，毫不留情地吐槽道：“果然爱情使人盲目也催人上进。”

“哈，哈，哈！”种花伸着舌头，喘着粗气用实际行动告诉龚屿汐，他所言非虚。

“行了，爸爸知道你追求上进，原本是想等你毕业以后再带你到心上狗面前，不过恐怕那会儿黄花菜都凉了。所以赶紧趁着你训练得小有成效，请沾沾她们过来看看，让沾沾意识到你也在努力在上进，给你留一次机会。”龚屿汐边说边摇头，他自己谈恋爱都没有这么上心，现在为了自己的狗能追到女生，反而想尽了办法抠破了头皮。

人不如狗，大写的现实主义惨剧。

今天是他们市公安局举办的警察职业技能比赛的日子。

这项技能比赛，几乎涵盖了各个警种，已经连续办了好多届，成了市公安局的一个固定节目。作为前两届的冠军，龚屿汐原本等着今天继续大显身手，谁知道报告送上去，丁局大笔一挥，直接把他名字给划掉了。理由就是龚屿汐现在已经临时调去了警犬大队，自然不能再跟刑警一起比赛，要比也是跟各个地区的警犬大队驯导员一起比。

他一个半路出家的指导员，又带着一条前段时间才刚刚发奋的笨狗，如何比得过那些训练了很多年的老指导员，和跟他们配合得当的狗崽子？

龚屿汐知道丁局这是觉得他以前出的风头太多，想要故意打压一下他的气焰，他也不好说什么，只好带着种花过来友情参观。

当然，参观是次要的。

最主要的还是想让种花在沾沾面前大显身手，扭转沾沾对种花的过往印象，给种花赢取一丝机会。

为了自己不成器的儿子能娶到媳妇，他这是操碎了心。

龚屿汐虽然在丁局眼中到处都是毛病，但不妨碍他在其他刑警眼中是明日之星、青年俊杰一般的存在。

他牵着狗刚刚过来，就有不少基层民警跟他打招呼，龚屿汐一一应了。卢飞宇见他来了，连忙奔过来："我听说丁局把你的名字给划掉了？"

"划掉就划掉呗。"龚屿汐不在意地挥挥手，"我这个人你是知道的，光芒太强，就好比那天上的太阳，只要一出现，谁能与我争辉？这儿每一年都有好多的小女警过来，想薅个如意郎君，要是我在，那岂不是又像前两年那样，把整个市公安局的情书都给收了？你们怎么办？"

到时候丁局又要说他出风头。天知道，像他这样的人站在那儿什么都不做就已经是风头了，能怪他吗？只能怪身边这些人，比如说像旁边这个卢飞宇之流的，太不上档次了。

卢飞宇立刻表示龚屿汐这是多虑了："太阳虽然耀眼，但也要看是什么时候的太阳，后羿射日的时候天上还挂了九个呢，凭什么你就是那独一份儿？"

"是不是那独一份儿不是我说了算。"龚屿汐非常诚挚地告诉他，"这人民群众说了算的。人民群众说好的，那才是真的好——"

话音刚落，就有某个面熟的警察过来跟龚屿汐打招呼："龚队长，今年又要大显身手吗？”

“谈不上谈不上。”龚屿汐连连摆手，“我今年没报名，就是过来看看热闹。”

“什么？”听到他没有报名，不在此次比赛行列中，那个警察一下就惊讶了，“我老早就听说了你的大名，说你是百步穿杨，以前在学校的时候各项测试都是拔尖的，有好几项还打破了校纪录，一直以来都想见识一下。本来以为今年可以满足愿望，谁知道你今年竟然不比了……”

他眼里满是失望，仿佛错过了什么精彩绝伦的表演一般。

“不比了不比了，老是我在上面比没有什么意思，还是要多看看大家的表现嘛。”龚屿汐矜持又谦虚地说道。

这一幕看得旁边卢飞宇牙痒痒，直想上去抽他两巴掌。

龚屿汐边说着不比了，还边往卢飞宇的方向看，冲卢飞宇飞了个媚眼儿，用表情告诉他：看吧，龚警官的群众基础就是这么扎实。

卢飞宇木着一张脸凑上前来，在他耳边小声说道：“龚屿汐，你老实告诉我，这是不是你找来的群众演员？”

“什么群众演员，”龚屿汐一把挥开卢飞宇的手，“凡人，我理解你的嫉妒，但是也请你放平心态。毕竟在我这样的人身边，你需要待的时间还长，长久的嫉妒不利于你的个人成长。”他按住卢飞宇的肩膀，小声说，“爸爸这是为你好——”

话音未落，卢飞宇就已经一脚踹了出来。龚屿汐连忙一躲，让卢飞宇那一脚落了空。

小警察不知道自己崇拜的原来是个金玉其外的货色，还以为龚警官表里如一的踏实。听到龚警官说不比了，小警察着急了："那怎么行。"他不干了，"就算你不能比了，今天也一定要给我们露一手再走。"

"不用了，我……"

龚屿汐正要推辞，小警察却已经把枪举到了他面前："听说龚警官号称百步穿杨，市公安局一枪，从来都没有打偏的时候。也让我们看看嘛。"

龚屿汐看着面前那把枪，却没有在第一时间去接。

小警察唯恐他不接，又把那把枪往他面前送了送："龚警官，你就做个示范，让我们看看嘛，我在学校的时候，教官就说你打靶的姿势非常标准，大二的时候就被纳入了教学视频里，今天也让我们见见现场版的行不行？"

龚屿汐看着那把枪，手不禁有些痒。

说实话他好久没有摸过枪了，以前有事没事的时候他都喜欢到靶场来练几发，现在这么个大好机会放在面前，要他不去摸一下，实在是太可惜了。

那把枪上面好像长了钩子一样，不停地引着他的手摸到枪上。

龚屿汐的手搓了好几下，实在是忍不住了，却依然还要维持矜持："那我就却之不恭了啊。"

龚屿汐将那把枪接过来，手枪拿在手心里沉甸甸的，有种陌生的熟悉感。

自从他到了警犬大队就再也没有碰过枪，如今拿在手里的那把枪虽然不是他往常用的那把，却让他心里升起一种默契来。仿佛只要有枪在，他就可以一往无前，不管是多么罪大恶极的犯罪分子，他都有信心和勇气将其一举拿下。

市公安局为了举办职工技能大赛，可谓是下了血本，就连手枪一律都是九成新的。

要知道，在基层派出所，可能整个所里也就才两三把枪，还是用了十几年的那种。

龚屿汐把枪拿在手里把玩了一会儿，熟悉了一下手枪，然后戴上耳塞和眼镜，站在了位置上。

他一手握枪，一手托着手，微微偏头，闭起一只眼睛，让自己的视线与枪持平。

从他的角度看过去，好像空气都成了一条线，直接指着靶中心，指引着他的子弹，朝着那个方向飞驰过去。

龚屿汐扣下扳机，只听“砰”的一声，那颗子弹以肉眼难以察觉的速度，划破空气朝前奔去。接着，再是“砰”的一声闷响，接着自动计数表上显出一个鲜红的数字“10”。围观的警官们立刻发出高声喝彩，那个小警察相当激动：“龚警官，你果真名不虚传！”

“手熟而已。”龚屿汐面上一片平静，心里却有些虚。

他将手枪还给人家，跟卢飞宇击了一下掌。其实刚才他握住手枪的那一刻，手上都起汗了，全靠他那点儿虚荣心绷着，才让他没能手里打滑射偏了去。要是今天一枪射偏，那他往后可以直接不用见人，被卢飞宇钉在耻辱柱上笑一辈子了。

他转过身来笑着正要离开，冷不防一抬头却看到不远处一个熟悉的身影。

任苒牵着沾沾，似笑非笑地站在远处，那双眼睛看过来，仿佛要把他整个人看穿一样。

龚屿汐脸上莫名就觉得烫烫的，好像自己刚才那点儿心虚被她看穿了一样。

他连忙走上前去跟任苒打招呼：“你来了，什么时候到的？”

“就在龚警官刚刚英姿飒爽打靶的时候。”任苒笑着看向他，如是说道。

刚刚她一进来就看到龚屿汐穿着警服站在打靶场前，神情是少有的庄重和肃穆。

他很少穿警服，不过这人天生衣架子，肩宽腿长，加上长期锻炼，肌肉结实有力，即便是不穿制服也相当精神。

任苒认识他这么久，唯一一次记得他是穿了警服的，都还是他们第一次见面，他在地铁执勤的时候。那会儿她眼睛不好没有仔细看，如今再一次看到他穿警服，任苒才发现，对于他这样的人而言，穿警服和便服恐怕有着天壤之别。

他现在穿警服的样子，莫名就让任苒想到四个字：雄姿英发。

那般生气勃勃，好像身上有源源不竭的生命力一样，看得人心中莫名一动。

更别说，制服将他本来就好的身材勾勒得纤毫毕现，肩膀宽阔，脊背笔直，又正好压住了龚屿汐气质当中跳脱的一面，让他整个人有种以前少见的严肃和认真。

任苒看到他穿制服打靶的那一刻，突然就明白了，为什么那么多人是制服控。

因为有些人天生属于那身制服。

这个念头从任苒心中一冒出来，她自己就觉得好笑。

她以前一直觉得什么样的人养什么样的狗，龚屿汐自己不靠谱才把种花养成那样，他们一人一狗相得益彰。虽说龚屿汐肯定是要比种花好很多，但其实在任苒眼中也并不一定就好得到哪儿去。怎么只是见人家穿着制服打了个靶，她就觉得龚屿汐顺眼了许多？

难不成她也是个隐藏制服控吗？

发现自己原来还有这个属性，任苒一下就笑了。

谁知她这种笑落到龚屿汐眼中却成了取笑。龚屿汐越发觉得她刚才看穿了自己的心虚，少见地尴尬了起来：“你要是早说你到了，我过来接你啊。”

“今天这里人来人往的这么多，你们又没有设门禁，我进来得了。”任苒牵着沾沾朝外面走去，“我以前一直觉得你是个不靠谱的，没想到今天警服一穿，看上去还有那么几分样子。”

龚屿汐越发觉得她在揶揄自己，什么都不好说，只能对她报以尴尬而不失稳重的笑容。

这个任大美女，什么都好，就是不太会说话，要不是看她长得好看，还不知道被人打过多少次了呢。

难怪人家都说好看是一种保护色，敢情是这么保护的。

任苒浑然不知道龚屿汐的腹诽，继续说道：“我以前怎么没见你带枪？”

她一来就提起龚屿汐的伤心事，龚屿汐蹲下身来，叹了口气：“任小姐，我发现你这个人哪壶不开提哪壶的本事特别强。”

“是。”任苒点头承认，“我这个人眼神一向很准。”

准也不是这个准法啊！

饶是心中如此腹诽，龚屿汐还是站起身来说道：“那没办法，你看到我的时候，我刚刚从刑侦大队被调去了警犬队，不在一线的警察一般来说是不能配枪的，我的枪当然就还给枪支管理处了。”

好端端的当然不可能突然之间被调去警犬大队，任苒虽然喜欢戳龚屿汐的肺管子，但好歹她分得清轻重。这件事情上，她没有继续追究，而是见好就收。

“我看你打枪打得挺准的，以前在学校的时候没少练吧？”说着，任苒的目光就不自觉地移到龚屿汐的手上。如果她没有记错的话，那双手全是厚茧，一看就是曾经下了苦功夫的。

“嗯。”龚屿汐也不故作谦虚，“大学不做这些做什么？我报警校本来爹妈就不高兴，如果我再不混出个名堂来，搞不好他们还真要让我回去继承家业。天知道，我对我爸那些东西毫无兴趣，要我回去做生意，我宁愿待在靶场练个天昏地暗。”

如此视金钱如粪土，也不知道是该说他难得，还是该说他通透。

任苒倒想起一个很现实的问题：“那你爸爸将来的生意怎么办？”你都不愿意子承父业了，这么大一份家业难不成就这样付诸东流吗？”

“该怎么办就怎么办。”龚屿汐抬头看了一眼天空，万里无云，天空瓦蓝瓦蓝的，的确是个难得的好天儿，“我们家虽然是家族企业，但也还好。这些年也在慢慢转型，转得差不多了。等我爸退休了，就把董事长的位置移交给下一任董事长。至于我们家的分红，那是少不了的，其他的就不用管那么多了，钱到位了就行。至于你说的什么‘子承父业’，哪有那么麻烦。

“要是我爸一无所有，根本就不用烦这些，既然原本可以不烦的，那为什么又自寻烦恼呢？”

对于能不能继承家业这个事情，龚屿汐想得很开。

他既然选定了一个职业，那就一定是要进行一辈子的。父母亲的努力让他不用像很多人一样囿于现实，不得不选择自己不喜欢的职业，这一点上他必须还是要感激他们家龚董事长的。既然已经有了这样的条件，那何不将自己的职业理想发挥得更淋漓尽致一些？

他从小到大就对做生意没兴趣，他妈妈一度以为是在医院抱错了，抱了个丝毫没有继承他们家商业基因的儿子回来。

龚屿汐从小就皮，家里上下没有一个人能压得住他。到了四五岁的时候，下河上树完全不在话下。龚董事长和他们家龚太太忙于工作，没有多少时间去管他，等发现儿子有长歪的趋势时，想要扳过来已经来不及了。

那会儿唯一能让龚屿汐听话的就是吓他说“警察叔叔来了，再调皮就把你抓走”。龚屿汐刚开始还害怕，被吓的次数一多，完全就是死猪不怕开水烫，任由他爹妈如何吓，毫不畏惧。

也不知道是不是被吓得时间久了，他居然跟警察这个职业神交了起来，到了后来更是心生向往，高考志愿全都填的警校，唯恐继承了他家万贯家产一样。

“我小时候成绩可差了，我妈一度以为我考不上国内的大学，高二就在开始帮我物色国外的学校。”龚屿汐看着身边来来往往的人，眼中流露出几分追思，“高二那年寒假，她带着我去国外参观各大高校，想要让我迷途知返，把心思用在学习上一些，我和她连着吃了一个月的西餐，吃得我简直想吐。从那以后，我就发誓这辈子能不出国就绝对不出国。”

天知道那些汉堡、薯条、牛排有多难吃。

也是那个时候，龚屿汐才知道，原来小时候他要表现好才能吃一顿的汉堡、薯条，跟中国博大精深的饮食文化比起来有多么相形见绌。

北京烤鸭不好吃吗？广州早茶不好吃吗？川式火锅不好吃吗？他为什么要想不开，跑到国外去啃那些垃圾食物呢？他以前果然还是太天真了。

听到这里任苒忍不住笑了出来，她常驻国外，自然对龚屿汐说的这些深有感触。

即便是家财万贯如龚屿汐父母，到了国外也依然不得不被西餐支配。龚屿汐的抱怨，不是没有道理。

想起小时候如此傻缺，龚屿汐脸上全是追悔莫及："为了那两顿洋快餐，我小时候放弃了多少踢球玩闹的日子，现在想起来真的是划不来！"

如果再给他一个机会，他一定不会那么轻易就上当了！

任苒跟他一起并肩坐在操场的梯子上："后来呢？"

Part 07
酸涩橘子皮

后来？

“后来当然是顺利考上了公安大学，毕业就被分到了市公安局。”龚屿汐眯起眼睛，笑着说道。

“我以前看警匪片，总觉得热血沸腾。可真的等到自己当了警察才发现，完全不是那么回事。

“来市公安局第一年，我们所有新警察都要下基层锻炼一年，我运气还算好，分到了附近的城郊派出所。虽然条件是艰苦了点儿，但好歹离家近，就是食堂不太好吃也叫不了外卖，晚上值班的床又窄又短，被几个不爱干净的糙老爷们儿一睡，臭得不行。”

他笑起来：“不过忍忍倒也还行。

“我刚开始总觉得天降大任，我一米九几的一条汉子，不让我做出点儿惊天动地的事情来都对不起我这身高和这些年来的锻炼。但后来才发现，什么呀，哪来那么多的大案要案要我破。

“基层派出所，连带所长，总共也就十一二个人。每天来报案的，不是东家的鸡丢了，就是西家两口子打架了，再要不然就是哪个小贩缺斤短两被顾客发现了。总之，你能想到的想不到的，都遇见了。我们那个派出所，与其说是派出所，不如说是信访办。

“我那会儿，刚刚参加工作，遇到的都是这些鸡毛蒜皮的事情，耐心有限，肯定不能像老民警一样耐心劝解，便跟他们起了不少冲突。直到后来有一天，我们辖区内，有个小孩儿走丢了。”

刚开始的时候他们还没有放在心上，毕竟，虽然现在人人都在打拐，但长期身处一个相对安全的环境，没有谁会第一时间把孩子掉了往被拐上面想。

他们派人出去找，找了一天，所里有经验的老民警才意识到可能有点不对。

他们调了监控，看到小孩儿被人抱走上了客车，终于确定，孩子是真的被拐走了。

终于来了件“大案”，龚屿汐兴奋得一晚上没睡着，闭上眼睛想的都是怎么把孩子带回来，家属如何感激他，那群人贩子被他一举拿下。

他不好意思地笑笑：“那会儿中二病没好完，别介意。”

任苒点点头，继续问道：“然后呢？”

“然后？”龚屿汐苦笑一声，“我晚上起夜，看到小孩儿的父母坐在我们接待室的长椅上，整个人像是被挖空了一样，突然就意识到，我认为的机会，对他们而言，可能是一生都不愿经历的噩梦。”

这就像一盆冰水，兜头浇下来，让龚屿汐瞬间凉了个透。

人是不能这样的。

警察的职责是保护人民，可是有谁愿意被人保护呢？如果可以，好多事情，他们宁愿一生都不去经历。

孩子找不回来，这个家庭即便能继续起航，伤痕也在那里了。

即便孩子找回来了，对父母对孩子的伤害，又要多久才能磨平？

疑神疑鬼，相互埋怨，互相指责……这样的家庭，还能像以前一样，继续和睦下去吗？

如果可以，他宁静不要这个“机会”，也要这些家庭这些人好好的，一辈子平安顺遂，不出问题。

“孩子当然是找回来了。多亏这些年城市里无处不在的‘天眼’，很快就锁定了犯罪分子。加上那会儿本来就快满实习期了，我没做满，就被丁局叫回来，进了刑侦大队。”

真正做上了他想象中的工作。

但跟各类犯罪分子接触得越多，他就越发觉得，他以为的“机会”，对很多家庭而言，并不是什么好事。

这背后，倾家荡产的、妻离子散的、人到中年失独的、刚上大学被骗自杀的……每一桩每一件，都在诉说着几个家庭的倾覆。

没人会愿意看到这些。

而且，伴随着科技进步，也不需要他们再像以前那样，花大量的人工去排查，到最后一无所获。

现在各种科技越来越发达，指纹、DNA、虹膜锁定犯罪分子已经运用得相当广泛，各种追踪技术也异常发达，有了层层规范，好多人不敢犯罪。像几十年前那种震惊一时的大案已经很久没有发生过了，也许过不了多久，刑警这个职业，真的就要随着科技发展，消失在历史的洪流中。

他笑容里有一丝落寞，是那种预见到了被时代抛弃的落寞。

当然，如果真的消失不见了，连同那些排查机器一起消失不见，对大家来说，未必不是一件好事。

但在那之前，他们这一群刑警还要肩负着除暴安良、保卫人民的重任，让人民群众顺利地过渡到下一个阶段。

他看了看自己掌心，上面一片老茧，看上去好像写满了他这些年来的经历一样。

“其实也挺好的。”任苒的声音在他耳边轻轻响起来，“如果有一天不需要你再握枪了，那不是你的职业理想实现的时候吗？”

龚屿汐一怔。

是啊，一旦有一天不需要他们再握枪，不需要刑警了，那就是他职业理想最终实现的时候。他一直追求的不就是正义吗？还有什么是比从来没有发生过恶更让他们的职业意义得以体现的呢？

这不是龚屿汐第一次意识到自己终将有一天会被时代抛弃，但却是他第一次没有不甘心，更是他第一次发现，原来任苒也有这么温柔的时候。

“我有的时候也在想，我有一天也会被机器取代。美这个东西，虽然是私人的，但是现在各种大数据分析和私人订制大行其道，即便审美再个人化，却总有智能工具可以定制。那个时候我不是一样要被时代抛弃吗？”

任苒站起身来，白纱裙被风吹起，裙角在空中飞扬：“但后来又觉得不是。如果可以被定制，那还叫艺术吗？艺术难道不是充满了独创性的吗？”

她低下头来轻轻一笑：“所以啊，我把现在的事情做好了，剩下的，管他呢，反正我是最棒的！即便机器再精妙再完美无缺，可人的独特之处本来就在于缺陷，不是吗？”

她的长发在空中飘起，栗色的发丝在阳光下泛着金色的光芒，配上她美丽的面容，有种让人不敢直视之美。

龚屿汐下意识地垂下眼睛不去看她。

也不知道是怎么回事，他自认为这些年也算是见了不少的美女，可为什么每次一见到任苒心里就怦怦乱跳，而且还有越来越频繁的趋势？

龚屿汐捂住胸口默默地想，难不成他心脏方面有疾病吗？可是不对呀，年初单位组织体检他一切正常。

他反正是坚决不肯承认自己是看任苒太好看了，心被俘获了。

笑话。

身为人民警察、国家机器、公平正义的人间代表，他是个脱离了低级趣味的人，怎么可能见色起意？

这种事情，只有种花那种傻狗会做。

但他越强迫自己不去想，脸颊就越是发烫。龚屿汐赶紧胡乱找了个理由转移话题：“刚才在屋里不觉得，现在出来了才发现，这个太阳真的有点大哈。”

“大吗？”任苒抬头看了看，已经钻进云里的太阳和自己身上的薄外套，怎么都觉得，“太阳大”这种话不应该从龚屿汐嘴里说出来。

她将信将疑地看向龚屿汐，只见他双手捧心，脸颊升起一片不自然的红晕，她觉得不对：“龚警官，你什么时候……学西施了？”

她那眼神活像龚屿汐还有什么隐藏性别，他被看得毛骨悚然，连忙低头一看。不看不要紧，他一看就立刻把自己的手给放了下去。

任苒指着他的脸问：“你怎么了？你的脸好红，是不是感冒了？”

“没没没……”龚屿汐连连摆手。

但越是这样，任苒心里的疑惑就越大，她伸出手来往他脸上探去：“你是不是发烧了？”

眼看她的手就要碰到龚屿汐的额头了，他甚至都能闻到任苒手腕上带出来的那一阵冷香。突然，背后有人在叫他的名字：“龚屿汐！”

他猛地转头，只见卢飞宇牵着种花，在操场上不停地对他招手：“赶紧的，你儿子要比赛了，别在那儿磨磨叽叽风花雪月了！儿子最要紧！”

“风花雪月”四个字，像四支利箭，狠狠地刺进龚屿汐和任苒的膝盖弯里，一条腿一支，分布均匀平衡，谁也不偏袒，让他们两个差点儿给卢飞宇跪下。

任苒猛地反应过来自己刚才那个动作有些不妥，连忙收回手，一开始是想揣兜里的，可摸了半天才发现自己今天穿的衣服根本就没有兜，于是只能尴尬地垂在一旁，连手都不知道该往哪儿放。

龚屿汐看了看任苒，又看了看卢飞宇，眼睛找了半天都找不到视线投放的地点，索性到处漂移着，像找不到停车位的车在空中来回转动：“那个……他胡说八道的，你不要往心里去……”

任苒听了他这话，输人不输阵地小声嘀咕：“我往心里去什么……”

“这不是怕你觉得我癞蛤蟆想吃天鹅肉吗？”本来是龚屿汐的心里话，谁知道一不留神就这么说了出来。

任苒却依然没有察觉到，下意识地回答：“不是癞蛤蟆想吃天鹅肉……”她说完才意识到自己说了什么，猛地住了口，原本就不知道该如何安放的手更加不知道该怎么放了，连眼睛都好像被龚屿汐传染了“左右摇晃症”，在空中看了半天，硬是找不到定点。

操场上的那个罪魁祸首浑然不知道自己刚才一句话搅乱了一池春水，见龚屿汐依然不下来，继续在那儿扯着嗓子喊道：“喂！要给你儿子找妈，你也先把正事儿办完了行不行——”

“行了！”龚屿汐不耐烦地打断了他的话，唯恐等下卢飞宇继续丢人现眼，匆匆对任苒丢下一句，“我先下去了，你等下过来。”就像是逃一样，三步并作两步地跳下了阶梯。

龚屿汐一碰到卢飞宇，就颇为不耐烦地一把将种花的绳子牵到手里：“你干吗？”

“嘿嘿嘿……”卢飞宇笑道，“今天这么多的小女警，绝大部分都是慕你名而来，想一睹龚警官的英姿，可不能让人家失望啊。”

“要是让他们知道你现在跟任大美女打得火热，一怒之下把你排除在备选老公的名单外，那你岂不是得不偿失？”卢飞宇笑得极其猥琐，“我这不是害怕你一个不留神，因为仇人错过了姻缘，将来追悔莫及，特意来提醒你吗？”

“看，爸爸对你好吧？”卢飞宇扬扬得意地一指自己，跟龚屿汐邀功。

他走上来，搭上龚屿汐的肩膀：“那个任小姐跟你一直不对盘儿，今天这种场合她专门过来，说不定就是存了阻挠你姻缘的心思，咱们可不能让她得逞。”

龚屿汐听到这里，实在忍不住转过头来看了他一眼。

卢飞宇知道自己刚才干了什么吗？

但很显然，他想用一个如此含蓄的眼神点明卢飞宇，那是相当天真且不现实的。

卢飞宇继续说道：“知道吗？我这一嗓子可不是简单的一嗓子，而是跨时代的一嗓子，完全可以让你龚屿汐在任大小姐面前反败为胜。你一直以来不是说她高贵冷艳吗？今天就让她好好看看，我们人民警察也是不缺人追的，那么多警花，总能挑出一两个不比她差的来！”

卢飞宇一巴掌拍在龚屿汐的肩膀上，豪气干云地说道：“龚屿汐，加油！”

龚屿汐被他拍得一趔趄，马上就不服气了："不是，我就不明白了，我是不能跟任苒恋爱还是怎么的？"

这卢飞宇那么大老远就要把他们拆散？

卢飞宇像是听到了什么好笑的话一样，一脸惊愕地指着龚屿汐："你还要跟她谈恋爱？不是你说的她喜欢胡搅蛮缠吗？"他问出一个直击灵魂的问题，"你不怕她放狗咬你吗？"

龚屿汐无话可说！

卢飞宇无视龚屿汐的表情，冲他挑了挑眉："哥们儿为你着想吧？你们家那个广东菜馆，是不是该备一桌好好请我？"

他一脸嘚瑟，完全没有意识到自己所作所为有什么问题。

龚屿汐猛地停住脚步转过头来，不可置信地看着他。半晌，脑袋里翻来覆去就只有一句话：卢飞宇有毒吧？

卢飞宇被他看得一头雾水："你看我干吗？哥们儿跟你说的事情，你记住了吗？"

龚屿汐心累地叹了口气，真诚地建议："你抽空谈个恋爱吧。"要不然长期这么二百五下去，卢飞宇可能就要砸市公安局手里了。

亏本儿的买卖不能做。卢飞宇饭量大，一顿能抵三个人的量，管后勤的曾主任早就看不惯他。要是继续让他这么吃下去，市公安局迟早被他吃垮了不可，还是早点儿找个人过来把他收了，免得他继续祸害同事和领导。

龚屿汐说完就牵着种花，朝训练场走去。

卢飞宇看着龚屿汐的背影，想了半晌都没反应过来，眼看龚屿汐越走越远，他在背后跳着喊道：“喂——龚屿汐！你刚刚那话什么意思？什么意思？你快给我回来——”

龚屿汐理也不理他，只留给他一个优美的后脑勺。

卢飞宇这辈子能娶到媳妇儿的可能性已经很低了，要是继续跟他在一起，没准儿就被他身上的单身狗基因给传染了，那才是真正的得不偿失。

龚屿汐自己心里有鬼，慌里慌张地牵着种花朝训练场走去。种花却还惦记着老远就看见的沾沾，不停地转过头，想再看沾沾一眼。

要是不知道它是个什么德行，龚屿汐就要信它了。

他一巴掌拍在种花脑袋上：“行了，就算要当望妻石，你也要先把比赛比了。”

这场比赛本来是没有种花的，它出训练成绩的时候报名时间都过了，但是龚屿汐走了后门，好不容易才把它塞了进去。

名次不重要，重要的是让沾沾看到种花的上进心。

龚屿汐带着种花走到位置上，轻轻拍了拍它的头：“能不能挽回你家女神的心，就看你的了。”

种花难得没有拖后腿，而是用头轻轻顶了顶龚屿汐的掌心。

它一双漆黑的豆豆眼看向不远处被任苒牵着的沾沾，一瞬间，脸色十分严肃：等着吧沾沾，我会让你刮目相看的！

“嘭！”

一声令下，种花像是离弦的箭一样，甩动满身肥肉，狠狠地冲了出去。

不远处，任苒看到种花一反常态，忍不住轻轻睁大了眼睛。

原来今天龚屿汐邀请她来看比赛是假，真正想邀请的，是沾沾才对。

她伸手轻轻摸了一把沾沾的毛，笑着说道：“我今天还是沾了你的光。”

沾沾理也没理她，全神贯注地看着赛场里，唯恐一个不留神，就错过了种花的高光时刻。

等到种花最后一项比赛停下来，龚屿汐一直悬着的心才放了下来。

还好。

各项成绩虽然不算拔尖，但是已经比它之前好太多了。

别的不说，光钻火圈一项，种花能够排到第三，已经远超龚屿汐的预计。

看来这段时间，他们的训练没有白费。

时间花在哪里，都是看得到的。

他本来也没指望种花能够在这次比赛上夺得什么名次，只需要让沾沾看到种花在为了它努力就行。现在不但成绩超过龚屿汐的预计，反而还捧回了一个奖杯，怎么都比预期的要好。

但是，种花看着比它名字靠前的狗狗被自己教导员和身边的人欢呼着接入队伍，而身边的人群轮到它反应就小了许多，它自己还是感觉到了不同。它脸上有些讪讪，连那双一向灵动的眼睛都黯淡了不少。

龚屿汐走上前来，轻轻地揉着它脖子上的毛，安慰道：“好了，来日方长，反正以后有的是机会。”

说话间，任苒就被沾沾牵着走了过来。沾沾自看到种花出现在赛场上，就相当兴奋。要不是任苒拉着，它早就蹦着跳着下来了。

一看到沾沾来了，刚才还双眸黯淡的种花一下就雀跃了起来，它小跳一步，蹿到沾沾面前，不停地围着它转。沾沾表面维持了一下高冷，但没过多久，就跟种花打得火热了。虽然不像以前那样，种花一招呼它就迎上去，但也比之前那副跟任苒一个模子印出来的冷若冰霜的样子好太多。

任苒没有阻止它，放手让它去了。

她看着龚屿汐：“没想到你今天叫我过来，就是为了看它表现。”

“那可不。”龚屿汐笑着说，“下次你再见到它，它就毕业了。要让一个警务人员给你演杂技，可就不是那么容易的事了。”

见任苒不再阻拦种花亲近沾沾，龚屿汐说道：“你这算是……终于对它网开一面了？”

任苒连忙伸出手，制止他乱想：“以观后效。”

一直留意着他们动静的种花，像是听明白了任苒这句话，松了一口气。

不管是观后效还是观前效吧，总之未来丈母娘愿意给机会就好。

只要未来丈母娘愿意给机会，拿下沾沾还不是时间问题吗？

一想到这个，种花就忍不住扬扬得意起来。它扬着脖子，将奖牌凑到沾沾面前，可劲儿显摆，唯恐沾沾看不到它刚才取得的成绩。

沾沾果然上当，眼睛里露出几分崇拜，连忙跟着种花，一起欢天喜地地跑远了。

任苒见沾沾如此好骗，忍不住轻轻叹了一口气："怎么得了……"

她这个傻白甜女儿，典型的好了伤疤忘了痛。

这才多久时间，又再次被种花给俘获了。这个渣狗仗着自己能力稍微提升了点儿，又来占她女儿的便宜。

是可忍孰不可忍。每个家长都不会允许这种货色出现在自己孩子身边的，任苒越想越生气，准备上前去制止它们。谁知才刚刚一动，就被人一把拉住了手臂。

她转头一看，却见是龚屿汐。

他像是早就猜到任苒要做什么一样，冲她笑了笑，说道："行了，让它们去吧，你就不要过分干涉了。"

"你当然想……"

"我什么都没想。"

任苒只是刚刚起了个头，就被龚屿汐给截住了话头。他连忙说道："我只是觉得这种事情跟人是一样的，你过分干涉反而不妥，不如随缘。况且种花也没有那么差，不是吗？它现在也知道上进了，有了之前的波折，它体会到了艰难，绝对不会再像之前那样对待沾沾的。"

任苒将信将疑："这可是你说的？"

"是不是那么回事，等以后看就知道了。"龚屿汐如是说道。

两人正在说话间，却见卢飞宇朝他们走来，边走还边在寻找什么。

龚屿汐一见到他就头疼，连忙转了话题："对了，我们家那个广东菜馆又推出了新菜，你要不要去试试？”

任苒：“话题可以转得这么生硬吗？你又在打什么歪主意？”

“没有。”他只是不想有个人过来搞破坏罢了。

他现在不是很待见这个蠢货。

他一边提防着被卢飞宇发现，一边对任苒说道：“就想请你吃个饭，顺便做下市场调研，看看我们家那个新菜做得怎么样。”

任苒皱起眉头。

也不知道是不是龚屿汐给她的印象太差，她总觉得龚屿汐整个人都充满了一种心里有鬼的感觉：“你该不会又想让我买单吧？”

“哪能呢！”眼见卢飞宇已经看到了他，脸上露出大喜过望的神情，龚屿汐浑身一颤，连忙一把拉过任苒，装作没看到卢飞宇，转身就走，“再让你请下去都快成公务宴请了，这次我请你。走吧走吧。”

任苒下意识地跟着他的脚步朝出口走去。她总觉得龚屿汐怪怪的，走了两步，突然像是想起了什么，回过头去：“那……”

“放心吧。”龚屿汐连忙把她的头扳过来，“我拜托了同事，他们会把沾沾和种花看好的。你就放心跟我去吃饭吧。”

任苒无语。

现在吃饭要这么着急了吗？

不管任苒心中有多少疑惑，她最终还是被龚屿汐拐带着，到了他们家的粤菜馆。

不得不说，这家菜馆的经营上是花了很多心思的。不光装修很有老广州味道，就连一些费时费力的广式靓汤都专门选用了砂锅炖煮，通过长时间的熬制，让食材和药材每一寸味道都浸入到汤里。比起当下许多直接拿蒸锅蒸汤的菜馆，只是煲汤一项，就下了不少的功夫。

龚屿汐说到做到，请客吃饭一点儿不辱没他少东家的身份，一上来就叫了一大桌子的菜，任苒拦都拦不住。

她还是没忘自己心里那一丝诡异的感觉，边吃边说道："龚警官，虽然你请我吃饭了吧，但该说的话我还是要说的。

"我觉得你这个人有的时候有点不正派，简单地说就是心术不正。"

虽然他穿了一身浩然正气的衣服，加上眉目端正，粗粗一看给人十足的安全感，可架不住他行事诡异呀。

电视里不都这么演的吗？一般来说，看上去最不可能是坏人的人，往往才是大反派。搞不好龚屿汐就暗藏了什么奸心，又想闹什么幺蛾子，拖她下水。

龚屿汐张了张嘴，很想告诉任苒，他堂堂一个警察，已经被任苒强行安了不少人设了。

还都是往变态上面靠。

"嗐。"龚屿汐一脸"这都被你看穿了"的神情，随口胡诌，"我能想做什么，还不是想帮种花在你这儿刷点存在感吗？要我说，你就别做那打鸳鸯的大棒了。你看种花和沾沾玩得多开心，狗生在世，不就图'开心'二字吗？种花它是不求上进，但现在不也在改了吗？你就多给它点儿机会呗。"

原来是这样。

龚屿汐有这样的想法倒也在情理之中。

任苒表示理解。

她为了沾沾如此费心费力，龚屿汐为了种花竭尽全力，也理所当然。

她对种花今天的表现还算满意，但也敌不过它以前给自己和沾沾带来的阴影。

女孩子这一生最怕所托非人，她是女孩子深有体会，沾沾虽然是条狗，但也跟她是一样的。不过，就如龚屿汐所言，倒也不是不可以给那条蠢狗一个机会。

任苒没把话说死："我不是说了吗，以观后效。"

"我大老远就看见两个熟悉的人，还以为自己看错了，没想到过来一看真是你们。"

任苒话音刚落，就听身边响起一个有些夸张的甜美女声。

她微不可察地皱了一下眉头，抬起头一看，果然是龚玥。

见到龚玥，龚屿汐有些意外："你今天也在这儿？"

"嗯。"龚玥笑得好看，"我几个朋友听说婶婶这家店，菜品正宗，很是不错，专门带他们过来尝尝。没想到在这儿遇见了你们。"

她的目光在任苒和龚屿汐身上扫来扫去，带着那么一丝探究和不怀好意。她笑起来："我记得任小姐之前在我那儿就和我这个弟弟见过，不知道你们什么时候这么熟了？"

这话听上去是没错的，可如果不是她口气当中带出来的那一丝盘问，任苒可能就忽略过去了。

她本来就看不惯龚玥，既然龚玥要来挑事，她当然也不会怕龚玥。她抬起头，似笑非笑地说道：“怎么，我不能跟龚警官当朋友吗？”

“当然不是了，只是觉得巧合罢了。”龚玥不请自来，拉开他们中间的一个椅子坐了下来，大有暂时不走的意思，“任小姐跟我第一次见面的时候，就让我觉得我们非常熟悉，难不成你跟我这个堂弟也一见如故吗？”

龚屿汐看了看任苒又看了看龚玥，他就算再迟钝也发现了这两个女人之间不对付。

虽说不知道为什么，任苒会跟自己的客户不对付，但眼看两个女人之间火药味儿越来越浓，他连忙站出来打圆场：“是我请任小姐过来吃饭的……”

龚玥根本不理他，截断他的话头，说道：“我这个堂弟长这么大，没有谈过恋爱，虽然看起来挺大一个人了，但其实这些方面傻得很，如果有什么地方得罪了任小姐，还请任小姐你高抬贵手，不要跟我这个傻堂弟一般见识。”

这话就是在暗指任苒故意吊着龚屿汐，想要在他身上大做文章了。

任苒性情高傲，何时受过这样的指摘？

她当即面露不豫：“我可没有龚女士你那样的心机。有些人自己是什么样的人，看别人也是那种人。龚女士，以小人之心，度君子之腹，这种行为，未免小气了点儿。”

龚玥轻轻一笑，浑然不把任苒的这番指责放在心上：“龚屿汐是我们龚家唯一的男丁，从小便被寄予厚望。大家都盼望着他能够一生平顺，当然不希望他的生命里出现什么不必要的波折。如果我有什么地方说错了话，得罪了任小姐，还请任小姐你不要跟我一般见识，我这也是关心弟弟。”

龚玥一上来就夹枪带棒，说话绵里藏针。她长时间在名利场里游走，任苒哪里会是对手？

任苒被龚玥三两句话堵得心里不痛快，当下一句话也说不出来，只能愤愤地将头偏过去，再也不想看她。

龚玥却并不放弃这么一个打击她的大好机会。之前碍着普化在，她不好把话挑明了说。现在到了她的主场，她岂会有顾忌任苒的道理？

她抿唇一笑，说道：“任小姐在国外，经历到的肯定比我这个在国内的弟弟要多——”

一句话还没有说完，任苒就怒了，一下站起身来，冲着龚玥怒目而视：“你什么意思？把话说清楚！”

她跟龚屿汐什么都没有，凭什么要接受龚玥这样的羞辱？

她越是生气，龚玥越是游刃有余。

龚玥丝毫不为所动，轻轻巧巧地就将问题还给了任苒：“我在说什么任小姐你会不清楚吗？若要人不知，除非己莫为。”她目光幽深地看着任苒，“任小姐，你有些事情我可清楚得很呢。”

她调查我。任苒听了龚玥的那番话，心里生出来的第一个念头便是这个。

龚玥肯定在私底下调查过自己，否则以她那谨慎的个性，今天根本不可能跑出来跟自己说这样的话。

思及此，任苒笑了起来。她目光里带着冷意和轻蔑，仿佛淬过冰的刀，狠狠地扎向龚玥：“‘若要人不知，除非己莫为’这句话，同样还给龚女士。你曾经那些行为，不是没有人知道。”

“呵。”龚玥冷笑一声，两人之间的气氛几乎可以用剑拔弩张来形容，“任苒，你也别把话说得这么硬气。大家都不干净，谁怕谁？”

任苒正要说话，突然听到龚屿汐冷声说道：“好了，你们不要再说了！”

他实在忍受不了这种怪异的气氛，出声打断了她们的话。

他难得地皱起眉头，声音也淡淡的：“今天是我请任苒吃饭，跟她没有关系。”

龚玥见龚屿汐如此维护任苒，心里越发不痛快了：“你请她吃饭？她是什么人，你就请她吃饭？跟她打得这么火热，她什么来路，你也不去好好查查。见人家生得面善，就以为她心也善，别什么时候身边睡了一条美女蛇你都不知道！”

这话说得相当露骨，任苒再也忍不住，怒道：“龚玥，我还没找你，你倒先忍不住找我来了。你就这么笃定我什么都不会说吗？既然这样，那当初在普化面前你怕什么呢？”

龚玥听任苒威胁自己，当即忍不住，拎起桌上的一杯冷茶就朝任苒脸上泼去。

说时迟，那时快。

眼看着那杯冷茶就要泼到任苒脸上了，一只大手挡在了她脸前。

是龚屿汐。

他生得高，手脚又大，那杯茶被他挡了个七七八八。

饶是如此，还是有不少水溅到任苒身上。龚玥见没能泼到任苒身上，当即对着龚屿汐怒目而视：“你——”

“好了！”龚屿汐沉声道，“她是我女朋友。堂姐，你就算有再多的不满，不能给我个面子吗？”

“什——”听到龚屿汐如此直白地承认任苒的身份，龚玥当即睁大了眼睛，不可置信地看着龚屿汐，希望他能给自己一个解释。

谁知，龚屿汐并不给她继续挑起战火的机会：“你到我们这儿来这么久，把你朋友晾在一边，已经很失礼了，还不赶快过去。”

龚屿汐都如此说了，龚玥就算有再多的不甘心，也不得不暂且将她与任苒的恩怨放下。

她愤愤地瞪了一眼坐在那边不动如山的任苒，没好气地看了龚屿汐一眼，踩着高跟鞋，噔噔噔地离开了。

等她走了，龚屿汐连忙叫服务生来把桌子收拾了，跟任苒不好意思地笑了笑：“你没事吧？不好意思……”

“是我不好。”任苒冷着一张脸，“是我没能控制住自己的情绪，让你夹在中间难做了。抱歉。”

听任苒如此清晰地表达歉意，龚屿汐不由得睁大了眼睛。他看了看外面的天空，这会儿太阳挂在正中间，也分不清楚究竟是不是从西边出来的，不过刚才任苒说的那句话，足够让他惊悚了。

任苒本来还沉浸在自己的情绪当中，冷不丁一抬头，就看到龚屿汐那副见鬼的神情，她不耐烦地皱起眉头：“你这什么表情？”问完才反应过来，顿时更不高兴了，“怎么，我在你眼中就是个不讲道理、刁蛮任性、胡搅蛮缠，还不会道歉的人吗？”

她如此准确无误地说出了自己在龚屿汐心中的印象，龚屿汐不由得对她更加夸目相看了。

聪明人。

如此有自知之明，龚屿汐就算想否定也否定不出口。

不过根据他多年来跟女性这种生物打交道的经验来看，还是不要将自己的心里话过多地袒露在她们面前为好。他连忙转移话题：“你跟我姐吵这一架，那个娃娃恐怕也做不下去了，那你不是要损失很多钱？”

“呵。”任苒默默地冲天花板翻了个白眼，即便龚玥不在，也不耽误她表达自己的不屑，“你堂姐那么精明的一个人才不会呢。我是普化请过来的，而且娃娃都快做好了，如果她突然要把我辞掉，普化肯定会问她为什么，到时候可不就得把她一直想要埋葬的过往给翻出来吗？

“她一直小心翼翼想要掩藏，甚至我之前对她夹枪带棒都被她忍了下来，就是不想让普化知道她的过往。她费劲巴拉地掩饰了大半天，怎么可能会因为跟我吵了场架，就把我给辞掉？

“非但如此，她还会继续掩藏，装得跟我一片太平，压根儿就不会让普化察觉到她跟我有一星半点的不和。”

过往种种，是这个女人迫不及待想要掩饰的。龚玥已经隐藏了那么久，绝对不会允许自己功亏一篑的。

至于任苒，如果她主动爆出龚玥的过往，那么龚玥也肯定会把任苒为什么回国和她那些不想让其他人知道的过往翻出来。她如果足够聪明，就跟龚玥一样，对她们不和的事情三缄其口，再也不提。这才是你好我好大家好的最佳处事方式。

龚屿汐那么聪明的一个人，怎么会猜不到任苒心中所想？

但还有一个疑问，也是他一直以来放在心里的疑问，原本他是想找个机会问问任苒的，只不过经过今天龚玥一闹，反而让他不好问了，总觉得有揭人伤疤的嫌疑。

见龚屿汐欲言又止，任苒倒是毫不避讳直接说道：“你是想问我为什么会回国吧？”

龚屿汐听她如此直白地把自己心中所想问了出来，仿佛一点儿也不在乎，好像刚才说话隐晦的那个人不是她一样。他以为自己触到了她的伤心事，让她干脆自暴自弃了，顿时大惊失色连忙就要否认。

谁知没等他说出话来，任苒就冷笑一声，说道：“你不用否认了，你心里想什么我早就猜到了。”

早就猜到了，却不说，故意等自己来问？

见龚屿汐面露愤愤，任苒毫不在意地说道：“猜到了我就要说吗？我不想说。”

行吧，这很任苒。

不过话是如此，任苒还是抿了抿唇：“我回国来……就是想要看看龚玥的。”

所以她当初才会在接到普化邀请的第一时间就答应了，甚至连思考一下都不曾。

回国来看龚玥？龚屿汐下意识地挑起眉头。

她俩这是……虐恋情深？还是，惺惺相惜？

这又是什么剧情？

看穿了他心里的疑惑，任苒说道："是啊，就是回来看她。我想看看她是什么样的人，才会在搅乱了一池春水之后，拍拍屁股走得干干净净，连一丝留恋都不曾。剩下那个被她伤害的人，好多年都待在原地走不出来。"

她的语气里带着一丝不易察觉的愤怒和哀婉，龚屿汐凭借着职业嗅觉，敏锐地感觉到了，她是在为那个被龚玥祸害的人抱不平。

"被龚玥伤害的那个人是她……前任？"

任苒唇边露出一丝讽刺的笑容："是。"

龚玥最喜欢在普化面前装纯洁，之所以能够入得了普化这个大画家的眼，不仅仅是因为她漂亮，还因为她感情经历简单。

倘若让普化知道她在国外有一段相当不简单的感情经历，那普化是否还会像现在这样对她千依百顺呢？

抑或是，倘若普化知道自己跟龚玥的相识，全都出自精心安排，他的一丝一毫、一举一动、一言一行，都落在别人的掌握之中，以普化这个大画家的骄傲和他的大男子自尊心，又是否能容忍得了呢？

这就是为什么龚玥一直不敢让普化知道她在国外那段经历的真正原因。

到底事关别人隐私，龚玥虽然跟她不对付，但任苒也没有把话说得太明白，即便那个人是龚屿汐。

她用筷子挑起一只虾饺，看着晶莹剔透的皮子，语带讽刺地说道："你的好堂姐不但心机手段厉害，连心狠也是一等一的。"

龚屿汐却完全不关心那些，他们家本身跟龚玥家里关系就不是特别好，他爸爸尤其看不惯龚玥的一些所作所为。老一辈经历多，目光如炬，龚玥那些小把戏不是没看出来，而是不想跟她一般见识罢了。

更别说，普化为人清高孤傲，看不上他们家做生意的，认为他们有辱斯文，满身铜臭，老龚根本就不耐烦跟他们打堆，自然连带着对龚玥更加没什么好感。

龚屿汐现在关心的是另外一件事情。

他心里生起一丝奇异的感觉："她……辜负的那个人……就是送你沾沾的那个人吧？"

正是因为这个人如此重要，所以，即便任苒不喜欢狗，也依然把沾沾留在了身边。

任苒抬起头，颇有些讶异地看向龚屿汐，仿佛是在问他：你怎么知道？

心里的猜测得到了证实，龚屿汐非但没有高兴，反而觉得酸酸的。

他扯开脸皮，勉强笑道："这很好猜嘛。你本来就不怎么喜欢狗狗，如果不是对你意义非凡的人送你的，你根本就不会把沾沾带在身边。再加上你刚才说的话，除了猜他还能猜谁？"

任苒没有否认。

龚屿汐说得没错。

如果不是对她而言特别重要的人，她也不会如此不平，更加不会把沾沾带在身边。

龚屿汐看着任苒那张姣好的面孔，还有很多的问题想要问。

比如说，那个送她沾沾的人究竟是谁，对她而言又有多重要，才会让她不辞辛苦、不远万里地回国，也要会一会那个人的前任。再比如……他对任苒而言，究竟意味着什么？

可是这么多的问题，一时之间全都堆积到龚屿汐的嘴边，却让他不知道该如何是好。

他一个都问不出口。

既找不到问的理由，也找不到他要以什么样的身份去探究任苒这些秘密。

龚屿汐心里升起一丝无力感，他突然就后悔了。

如果……如果能早点儿认识任苒，就好了。

这个念头一从他心里冒出来，龚屿汐就不自在地缩了缩脖子。

他自嘲一声，自己究竟在胡思乱想什么……

来不及仔细想，为什么会生出这样的念头，他的手机就惊天动地地响了起来。

龚屿汐拿起手机一看，刚才心里那点儿浅浅的少男心思瞬间烟消云散。他凝神，大喊一声：“不好！”

任苒下意识抬头：“什么？”

“我妈打电话来了。”

就在任苒满腹疑问他为什么会大惊失色时，龚屿汐自己就先回答了：“肯定是龚玥，跑去跟我妈打小报告，把我刚才胡说八道的话汇报给我妈了，她现在过来盘问我了。”

任苒一时半会儿没有反应过来，龚屿汐刚刚究竟胡说八道了什么。主要是他这个人经常胡说八道……

龚屿汐突然福至心灵，开口道：“等下可能要麻烦你帮我一个忙了。”

Part 08
空谷出幽兰

“龚屿汐。”龚妈妈开门见山，丝毫不给龚屿汐喘息的机会，“刚刚你堂姐打电话来说，碰到你和你女朋友吃饭。你什么时候交了女朋友？”

龚屿汐一边用手捂着电话，努力不让声音漏得太多，被任苒听去，一边又下意识地此地无银三百两一样，看了一眼对面稳如泰山的任苒，继而压力山大地压低了声音，对他家母上大人说道：“你别……别听她乱说。”

“她怎么就乱说了？你堂姐刚刚就说了，唯恐你抵赖，你肯定要说她是乱说的。可她看得一清二楚，还有大堂经理做证，如果你抵赖的话，可以找大堂经理做证。那可是你红口白牙亲自承认的。”龚妈妈说，“她没逼你。”

那大堂经理肯定不知道，任苒和龚玥还有一番难以言明的纠葛。

龚屿汐张了张口，正要辩解。没等他出声，龚妈妈的声音就从电话那头传了过来：“龚屿汐，你谈恋爱了，这是好事情啊。你单身这么多年，好不容易谈个恋爱，怎么不带回来给我们看看呢？”

“现在……”

“不要说什么现在还不到时候。你从小到大女生缘就差，一把年纪了，连个初恋都没送出去。如今好不容易有个女孩子不嫌弃你一把年纪没有谈过恋爱，你还不赶紧加把劲儿把人家带回来给我们看看，还打算磨蹭到什么时候？

“不让我们适时帮你加把火把她拿到手，还在这儿说什么不到时候。我可告诉你龚屿汐，现在一把年纪没有谈过恋爱的未婚青年，那在婚恋上面还比不过人家离过婚的呢。起码离过婚的有经验，知道吸取教训，懂得疼人，你们什么都没有。”

龚屿汐被龚妈妈一顿抢白，有气无力地叫：“妈……”

“妈什么妈？”龚妈妈继续抢白，“妈这也是为了你好，唯恐你到时候又把事情搞砸了，还是要我们这些过来人给你指点指点才行。你说说你，从小到大，追过的那几个女生，哪一次不是被你自己搞得一塌糊涂？我第一次见到有人送女生礼物，送的是腿断了夹的那石膏。你这不是有病吗？”

陈年糗事又被他妈翻出来，龚屿汐心有戚戚，下意识地抬起头看了一眼任苒，只见她在对面继续优哉游哉地吃东西，他提起来的心重新放了下去。

还好还好，她应该没有听见。

龚妈妈的声音从电话那边传来：“你堂姐说那姑娘长得挺好看的，你带过来给我看看呗，我看你配不配得上她。要是你配不上的话，我就趁早让姑娘别瞎了眼睛继续耗在你身上了，赶紧重新找。再说了，你把人家带回来见家长，也显示你对她的重视不是？”

“我……”

“不要说你没有空，没空的话我亲自打电话去跟丁局帮你请假。”龚妈妈最终一锤定音，“好了，就这么说定了。择日不如撞日，今天晚上你们两个人就回家来吃饭吧。”

说完，她“啪”的一声挂了电话。

龚屿汐冷不防被他妈挂了一脸，下意识地往后一躲，好像电话即将扔到他脸上。躲完才想起，他跟他妈还隔着电话信号，连忙抬起头来不好意思地朝任苒笑了笑。

他一想起龚妈妈挂电话前给他派的任务，就觉得头大如斗，却又生出几分隐约的期待来。

他暗暗地搓了搓手，试探着开了口：“那个……我真的说准了……可能真的要你帮忙……”

他一边说，一边小心翼翼地打量着任苒的表情，打算只要她露出一星半点儿的不耐烦来，他就赶紧撤。

谁知任苒听了他的话，连眉毛都没有动一下，直接说道：“你是想让我陪你回去吧？没问题。”

她回答得如此爽快，成功让龚屿汐一愣。

但接下来的一句话，就让龚屿汐汗毛倒数了。只听任苒说道：“原来你这么大把年纪了，还从来没有谈过恋爱啊？龚屿汐，你不是说你是万人迷吗？看不出来啊。”

任苒捅了一刀，不忘捅第二刀：“你把腿断了夹的石膏送给你喜欢的姑娘，那件事情究竟怎么回事？你好好跟我说说呗。”

“你就跟我讲讲你当时为什么要把你腿上夹的石膏弄下来，送给你喜欢的女孩子嘛。”直到坐上了龚屿汐的车，任苒都还没有忘记从他口中挖掘出过往的糗事。

龚屿汐充耳不闻，强行转移话题：“等下我妈要是问你一些什么问题，你想回答就回答，不想回答就交给我来。”

“没问题。”任苒想也没想随口答道，但她依然没忘记自己的初衷，“石膏的事情你跟我说说嘛。”

龚屿汐继续强行转移话题：“其实我父母他们很好相处的，你不要怕。”

“石膏的事情究竟是怎么回事？你喜欢的姑娘没打你吗？”

龚屿汐：“我很少带女孩子回去见父母的，我妈等下看到你可能有些兴奋，你多担待点儿。”

任苒：“是从来没有带女孩子回去过吧？你不用强行挽尊了，我都知道。毕竟能做出把固定腿的石膏敲下来，送给心仪姑娘的人，不能指望他脑子开窍。”

龚屿汐无奈。

转移话题，失败！

趁着等红灯的间隙，他转过头来看向任苒：“这件事情是过不去了是吧？”

“也不是啊。”任苒无所谓地说，“你跟我说了不就行了？当然我也没有别的意思，我就是特别好奇是什么样的大脑构造，能想出这样的……嗯……”

身侧的目光如此炽热，炽热到任苒根本没办法忽视。

龚屿汐问她：“这样的什么？”

她转过头看向龚屿汐，冲他笑了一下：“这样惊天地泣鬼神的人间绝技，就是诸葛在生，周瑜在世都没办法想出来，你究竟是怎么想到的，我特别好奇。”

龚屿汐怒了，他猛地一踩油门，硬是在限速内，把车子开出了狂飙突进的架势。

针对任苒这个问题，他死也不会回答的。

赌上他作为男人最后的尊严！

因为任苒要来，龚屿汐的妈妈早就在家做准备了。

她从自己的妆奁中拿出一条项链，递给龚爸爸看：“这条项链买来有些年头了，但一直没找到机会戴，我总觉得对我来说年轻了些，如今正好有机会可以送出去了。

“当然，她要是不喜欢也可以放那儿等着将来给她儿媳妇。”

她又喜滋滋地转过头对龚爸爸说道：“送完了老公你得再去给我买一条，我看中一条红宝石项链很久了。”

也不等龚爸爸回答，她就又转过头，将那条项链放回首饰盒里，盖起来放好。

龚妈妈挑了一支口红：“你觉得这个颜色怎么样，会不会显得太老气了？”

在一旁看报纸的龚爸爸抬起眼睛瞄了她一眼，本想说点儿什么，可又怕打击她的自信心。

打击老婆他倒是不怕的，他怕的是打击老婆过后的后果。

为了避免自己那点儿私房钱保不住，因此，即便是话到嘴边，又被他给咽了下去。

半晌都没有等到老公的评价，龚妈妈不痛快地转过身来看着龚爸爸：“我刚才跟你说话你没听到吗？”

“不是。”龚爸爸无奈地放下报纸，摘下老花镜，“今天晚上是龚屿汐带女朋友回来见你，又不是你要去选美，你打扮那么好看干什么？”

“这你就不懂了。”她对着自己的梳妆台挑挑拣拣，“我听龚玥说那个女孩子长得挺漂亮的，我这不是输人不输阵嘛，千万不能给龚屿汐丢脸。”

她是见未来儿媳妇，又不是去见小三，什么输人不输阵？龚爸爸表示，即便是他纵横商海数十年，也依然搞不懂女人心中在想什么。

龚妈妈继续絮絮叨叨："第一次见儿媳妇嘛，当然得注意一些了。虽说我不像有些婆婆那样，总想着给儿媳妇立什么规矩，但是该有的气场不能丢啊！万一，我是说万一，万一龚屿汐眼瘸了，找了个脾气大的回来，那我将来的日子可就不好过了。"

她话音刚落，就听见楼下的阿姨喊道："太太先生，屿汐回来啦。"

"回来了呀？我马上下来——"龚妈妈连首饰都忘了戴，刚才精挑细选的那些，瞬间被她抛在了脑后，连忙踩着拖鞋朝楼下跑去。

龚爸爸在后面，看到她把自己刚才说的话抛到了九霄云外，脸上不由得露出一丝无奈的笑容。

还保持自己的气场呢，人都没有见到，嘴巴都咧到后脑勺了。

龚爸爸摇了摇头，踱着四方步也跟着下去了。

"哎呀，苒苒，阿姨不知道你喜欢吃什么，龚屿汐他又不说，只好让厨师做些苏杭菜，你试试看，合不合你的胃口。"

龚妈妈边说边用公筷，不停地往任苒碗里夹菜。

任苒一边应着，一边笑："阿姨，您也多吃些。"

"好的嘞，好的嘞。"龚妈妈上下打量着任苒，越看心里越喜欢。

多体贴的女孩子呀，还知道给她夹菜，真是太难得了。

这个任苒，高高瘦瘦、白白净净、斯斯文文的，天知道她最喜欢这样的女孩子了。龚屿汐从小皮到大，她和老公被弄得烦不胜烦，老早就想要个女孩子，文静点儿、听话点儿，那才是父母的小棉袄啊。只可惜后来忙于工作，没有机会。

现在好了，老天爷可能是知道了她对女儿的渴求，让龚屿汐找了这么一个文静的姑娘回来，简直不能再合她的意了。

不过话又说回来，斯斯文文、文文静静的女孩子，哪个当妈妈的会不喜欢呢？

龚妈妈越看任苒越喜欢，眼睛里几乎都要冒出花儿来：“苒苒啊，你今年多大啦？”

任苒低下头，避开龚妈妈那热情似火的眼神：“二十三岁。”

“二十三岁好二十三岁好，跟我们家龚屿汐年岁相差不大。”她说着，转过头来看龚屿汐，“龚屿汐，你要好好跟苒苒相处哦，你比她大，又是男子汉，要让着她，不许欺负人家。”

她又反过头来看向任苒，脸上表情一变，仿佛刚才虎着脸冲龚屿汐凶的人不是她一样。

“苒苒哦，龚屿汐要是欺负你，你就跟我说，我一定帮你骂他。”

“没有没有。”任苒连忙说，“龚屿汐对我挺好的。”

“他对你好那也是应该的，你不用对他太好。我告诉你啊，男人有的时候就是要多给他点儿脸色瞧瞧，免得他以为我们女人好欺负呢——”

“咳咳——”龚爸爸轻咳两声，示意自家太太不要太得意忘形了，免得把儿子的老底都揭穿了。

谁知龚妈妈根本不理他，给了他一个白眼：“你咳什么咳，你们这些男人本来就是三天不打上房揭瓦。对你们好了，你们不珍惜，反而要时时刻刻吊着你们的胃口，才被你们放在心上。”

她劈头盖脸地冲着龚爸爸一顿骂，转过头来看向任苒的时候，又把脸笑成了一朵花:“我们苒苒一个人孤身回到国内,又没个什么倚仗,我要是不做她的倚仗，她一个人怎么办哦，我可怜的孩子。”

龚妈妈说着说着就觉得任苒相当可怜，仿佛她是栽在地里没人要、没人照管的小白菜。

龚屿汐对他妈这种变脸速度简直瞠目结舌。他从来不知道，原来对他母夜叉一样的亲妈，居然还有这样的一面。

他都后悔自己怎么没生成个女孩子呢！

小时候那些打白挨了呀，要他是个女孩子，跟龚妈妈撒个娇，说点暖心的话，早就让她不计较了，还挨什么打？

龚屿汐下意识地摸了摸自己的屁股，越发觉得他以前亏大了。

任苒硬生生地把到了唇边的笑容给抿了回去：“没有。龚屿汐他对我挺好的。我回到国内，他也给了我很多的帮助，说起来如果不是他帮了我那么多，我们两个人也不可能走在一起。”

她这话说得真心实意，龚屿汐都快相信了。他一时之间有片刻恍惚，好像任苒说的那些话是真的一样。直到他看到任苒趁着龚妈妈不注意，朝他抛了个媚眼才反应过来。

这不过是任苒说出来搪塞他妈妈的话罢了。

这个念头一冒出来，龚屿汐心里就不可抑制地涌起一丝酸涩。

明明是他让任苒回家来帮他搪塞父母的，可当任苒搪塞得很好时，他反而失落了起来。

任苒留意着龚妈妈说话，没注意到他脸上那丝微不可察的黯然。

她刚才跟龚屿汐抛媚眼儿，也没有其他什么别的想法，就是想跟他嘚瑟一下，哪里会想到自己无意中的一个表情，居然都能勾起龚屿汐的满腹心思来。

“对了，苒苒，你父母做什么的呀？”

龚妈妈话音刚落，就看到身边的人在那一瞬间握紧了筷子。即便她跟任苒隔了一段距离，也明显感觉到这个女孩子浑身上下僵硬了起来。

龚妈妈一时间有些手足无措，下意识地看了看自己老公，又看了看龚屿汐。

任苒张了张口想要说些什么，可是试了好几次，发现自己根本什么都说不出来。

中午龚玥要挟她说的那些话，龚屿汐或许不知道缘由，但是自己又怎么可能不清楚？龚玥既然去查了她，肯定是把她的方方面面都查清楚了的，包括她的身世。

这也是为什么龚玥会让她离龚屿汐远一点的原因。

在龚玥眼中，她根本就配不上龚屿汐。

她怎么忘了？

居然还得意忘形地跟着龚屿汐一起回来，她怎么就忘了龚屿汐的父母一定会来问她这些的。

也不知道是不是她的错觉，总觉得此刻的时间好像一分一秒都被人有意识地拉得无限长。

也不知道过了多久，可能很久吧，任苒僵硬的身体总算是放松了。

她笑起来，正想随便找个理由搪塞过去，却听到龚屿汐的声音从右手边传来：“妈，你再问下去就成查户口的了，都是普通老百姓，还能干什么？”

龚屿汐递了个台阶，龚妈妈岂有不踩上去的道理？她连忙点头：“是是是，瞧我都糊涂了，今天见到苒苒太开心，竟问这种废话。”她说着给任苒夹了一筷子糖醋小排，“苒苒，原谅阿姨。这是我们家厨师的拿手好菜，你尝尝看合不合胃口，要是喜欢吃的话，我就经常让厨师做。”

“哪里的话。”任苒笑起来，文文静静地接过龚妈妈夹过来的小排，借着吃饭的当口儿，就把这个话题不太圆滑地抹了过去。

龚屿汐的父母可能真的把她当作龚屿汐的女朋友，对她几乎是无微不至，还盛情相邀她留在龚家。这些都被龚屿汐挡了回去，任苒松了口气。

龚屿汐妈妈这副热情的样子，她真的很难招架，加上自己实在是心里有鬼，越发不敢在龚家停留。

还好龚屿汐跟她一样，可能唯恐任苒在他父母面前留的时间太久，破绽越多，因此借口要去过二人世界，带着她逃之夭夭。

龚家的别墅坐落在半山腰，这里一片苍翠，树木掩映，走在青石板路上，隐约之间，树木的馨香扑鼻而来。要在闹市当中寻找这么一个清静的地方，实在是不易。而这份闹中显静，恰恰彰显出了主人的身份和财力。

“那个……”从他俩出门开始，龚屿汐就一直欲言又止，如今都走了一段路了，总算是起了个头，“今天是我没有考虑周到，我妈要是说了什么不中听的话，你别往心里去，她没有坏心眼儿。”

“怎么会。”任苒偏过头，夜风从车窗灌进来，扑面而来的清新香气劈头盖脸地朝她和龚屿汐涌来。

她的声音里，似怅然似感激似感慨：“你父母性格都很好，尤其是你妈妈。”

龚屿汐的家庭有着她这一辈子都可望而不可即的温暖。

“嗐。”听到她这么说，龚屿汐反而不好意思地笑起来，“我妈这个人吧，一直都想要个乖巧的女儿，可能是因为我太烦了，所以对文文静静的女孩子特别有好感。”

任苒外表挺能唬人的，不熟悉的人根本不知道她实际上是个喜欢胡搅蛮缠的人。加上她长得好看，长辈见到她自然就先生了几分欢喜。

龚屿汐把后面的话补全：“别说你今天晚上是以女朋友的身份来我家的，就算你跟我是普通朋友关系，我妈也会对你这样热情的。”

这话说完，龚屿汐又后悔了。什么叫就算跟他是普通朋友关系？难不成现在任苒跟他还有别的什么关系吗？

任苒倒没有注意到他话里的不对劲儿，正好龚屿汐因为有话跟她说，把车子停了下来。她看着车窗外的漫漫夜色，说道：“挺好的，当你的朋友也挺好的。”

“那可不。”龚屿汐有意活跃气氛，把一件相当普通的事情说得眉飞色舞，“卢飞宇跟我几年大学同学，经常到我家来蹭饭。我妈见了他，刚开始的时候也是喜欢得不行，总觉得他哪儿哪儿都比我好，后来发现卢飞宇比我还不爱干净，当场就嫌弃得不行。

“还有我们队里那几个年轻小伙子，跟我前后脚出来的，我妈见他们平常也是皮得不行，也嫌弃。”

虽说是嫌弃，但也是关心居多，就好像丁局对他一样，总是恨铁不成钢。

龚妈妈嫌弃这群年轻警察，看他们总像是看自己的子侄一样，她对龚屿汐都是嫌弃多于爱护，对他同事也是如此。

任苒被他的这种说话方式带动，情绪也高昂了一些：“你不知道吗？对于妈妈来讲，喜欢的永远是那些规规矩矩、干干净净的小孩。你们刑警队，听你这口气，从上到下都是一群不爱干净的泥猴子，她会喜欢你们才怪。”

这话简直令人无言以对，加上他自己之前也爆料过卢飞宇不爱干净。

此刻山间夜色正好，一层浅浅的月光浮在任苒的眼底，让那双灵动的眼睛多了几分涩然。

她颇有些怅然地说道：“我虽然早就猜到你家庭关系和谐，但没有想到……”

没有想到和谐至此。

父慈母爱，并不因为身居高位而有所改变，而早在彼此把对方选定为人生伴侣的那一刻，就已经下了相携一生的决定。即便是后面历尽风霜，也没有任何的动摇。

“我以前就听说你爸爸在外面风评很好，今天一见果然如此。”

龚屿汐琢磨了一下她这话，立刻觉出几分不对劲儿来。

他那副疑惑的模样，任苒见了轻轻一笑，眼底尽是涩然："我的家庭跟你的家庭比起来，简直不值一提，也不怪你堂姐今天中午见到我会如临大敌。"

的确，像她这样的家庭，怎么拿得出手呢？

龚玥自认为是见惯了名利场里的各种攀附，要让她相信自己对龚屿汐毫无此心，龚玥根本不会相信。

中午龚玥说的那番话，未必就是说出来故意攻击她的，而是龚玥就是这么想的。

任苒低头，看着自己纤细的手指说道："我虽然从小长在国外，但是我父母并不是什么体面的人，他们是偷渡过去的。"

龚屿汐微微睁大了眼睛，像是有些不敢相信。任苒这浑身的气派，若说她不是千金小姐，恐怕都没几个人相信。谁知她的家庭原来是这样……

任苒自嘲地笑了笑，还是没有抬眼看他，自顾自地说道："他们本来就是萍水相逢，没有什么感情基础，只是激情之下才在一起，后来又因为贫困，离不开彼此，勉强结成家庭。即便是这样，在一起生活也并不平顺，各自都有各自的不甘心，总觉得离了对方能够找到更好的，却偏偏又离不开对方，因此将沉沦底层的郁闷和痛苦都发泄在对方身上。

"我就是在这样的环境中出生的，幸好在我之前和在我之后，他们都没有别的孩子，否则，我今天能不能站在你面前，都还是未知数。"

跟龚屿汐比起来，他就像是此刻山间的大树，享受尽了所有的阳光雨露。而她，就好像树下的苔藓，生长在幽暗处，从未有机会像龚屿汐这样，光明正大地站在阳光下，接受自然的恩赐。

在怨恨那个家庭的同时，任苒也会生出一丝侥幸来。如果不是阴错阳差，恐怕她连见到这个世界的太阳的机会都没有。

“可能也正是因为他们只有我这一个孩子，加上离婚又离不了，年岁渐长，终于认命，甘于平庸。可即便是这样，我父母感情也并不好，吵架打架是常事。我不喜欢狗，怕它们，是因为我从小就在流浪狗的包围中。

“身处底层的，不管是人还是狗，都有种穷途末路的凶恶。一见到比他们软弱的，就会一拥而上，将对方拆骨分尸。”

她如何能喜欢得起来？

“在这样的环境当中，我读书又不行，没有一技之长，却跟他们一样不甘于平庸。眼看着就要走上他们的老路，有一天，我看到中国大使馆在报纸上发布的一条资助信息，说是可以资助当地贫困华人家庭的小孩，继续上学。

“我当时本来是没抱什么期望的，但思来想去总觉得不甘心，加上自己又走投无路，于是给大使馆去了信。

“结果没过多久果真就有人来资助我。他不仅资助我上学，还鼓励我发展爱好。

“我很小的时候就跟着妈妈一起在集市摆摊，靠着自己给娃娃做衣服，挣点零花钱，也一直很喜欢做这个事情。倒不是因为喜欢娃娃，什么想要给它们穿上漂亮衣服之类，纯粹是因为它能够给我带来金钱，可以让我生活得更宽裕，让我不至于去问父母要钱，被他们甩脸色。

“后来要上学，这唯一的可以称作爱好的事情便搁置了。直到资助人提起，我才想起，或许我可以发展这项勉强可以称作我爱好的事情。”

时间倒回八年前。

少女收到自己资助人的来信时，那么不可思议。她才知道，原来不仅有人愿意供她上学，还愿意供她发展自己的爱好，有意让她成为一个拥有更丰富人生体验的人。

可是她思来想去都想不到自己有什么喜欢的，唯一喜欢的就是钱。她穷怕了，总想要更多的金钱来填满自身的空虚。

但她不敢说。

因为在普罗大众的观念中，喜欢钱总不是什么光荣的事情。加上面对那个人，他那么儒雅宽和，她下意识地就觉得，在他面前说自己喜欢钱，是对他、对他的资助的一种亵渎。

况且她也不敢提什么太浪费钱的要求。别人资助她已经很不容易了，如果她再去提很费钱的爱好，岂不是将自己和对方都陷于尴尬的境地？

但她也不敢不提。人家一番好心，她如果告诉对方她什么爱好都没有，未免让人觉得，他资助的人是个什么内在都没有的绣花枕头。

而对于当时的她来说，少女难以启齿的幽微心事，又让她不想在资助人面前表现得那么浅薄。

于是想来想去，她告诉对方自己喜欢做娃娃，还把这个听上去有些少见的爱好文饰了一番。她自己家庭贫困，没有好看的衣服，就把这种愿望投射在了娃娃身上。

对方一听，对她更加怜悯，果然资助她去做娃娃的衣服。

也正是在这个基础上，任苒的审美水平越发提高，娃娃做得越来越好，甚至在资助人的帮助下去参赛，渐渐地在国际上都有了名声，钱也再不是困住她的原因了。

她回忆起从前，眼底浮着的那层月光都好像悲凉了起来。

任苒仰起头，修长的脖子在月光下，好像一朵摇曳的昙花，脆弱又哀伤。

龚屿汐见任苒那副表情，心中一动，隐约猜到资助她的那个人是谁。

“资助人就是送你沾沾的那个人？”

“是。”她也没有否认，“我本来以为他是个年过半百的老头子，谁知道我高中第一次参赛，邀请他过来参观，才发现原来是个比我大不了几岁的男青年。”

他当时站在那儿一句话不说，只是微笑着，身体力行地向大家诠释什么叫温润如玉，什么叫如沐春风。

龚屿汐下意识地问道：“为什么你会觉得他是个老头子？”

任苒一下就笑了起来：“因为一般只有老头子才有这个闲情逸致去资助贫困学生啊。而且一般也只有中年男人才会有那个闲钱吧。还有，不是有那种心怀奸心的人，喜欢在贫困少年中选择长得好看的，借金钱资助，让他们用美貌和青春偿还？”

她抿了抿唇：“可是等我见到他，才知道他既不是什么有闲钱的中年男人，也不是什么老头子。”

而是一个刚刚在设计师圈子里崭露头角的华人设计师。

他资助任苒的时候，自己也异常贫困，连房租都付不起。即便是这样，他还是拿出一部分资金去资助人，帮助她完成心愿。

这样的人究竟是傻还是天真呢？

她的话，让龚屿汐微愣。

见他这种反应，任苒笑起来，拍了他一下：“你那什么表情？龚警官难道每天跟犯罪分子接触，我说的这些还伤害到了你的纯洁少男心吗？”

龚屿汐张了张口：“那你已经猜到……”

他后面的话没有说下去。他不是任苒，他一生顺遂，从来没有遇到任苒这样的事情，也没有身处在她这样的环境。

他没有资格去评判。

任苒微微垂下眼睛，脸上露出一个吝啬的笑容。那笑容，不知道是在嘲讽自己，还是在嘲讽命运，是真的吝啬，连一丝一毫都不肯扩大。

“我是猜到了，我也知道我长得好看，但是我没有更多选择。”任苒仰起头看向窗外，“如果我没有那笔钱，我这一生就会跟我父母一样，到时候美貌于我而言反而是种负担，我也没有维护和经营它的资本。”

只能任由它零落成泥，被人踩在泥土里，她这一生都没有机会再翻盘，而是心不甘情不愿地，一年又一年，重复着她父母的命运。

“但有钱了就不一样。”任苒轻轻启唇，“即便是那个人包藏祸心，可毕竟是大使馆公示出来的，为了形象他们也会仔细筛选。就算筛选出了错，我真的遇到了一个心思不纯的人，但我也能借助他的力量拥有反击的资本，总好过待在底层一辈子，被命运推着走。我是想赌一把的。”

所幸，她赌对了。

那个人非但不是什么坏人，反而人品还相当可贵。

她提到那个人时眼底泛出的温柔，是龚屿汐从来没有在她身上看到过的。

龚屿汐心里酸酸的，又很感激。

幸好，幸好任苒遇到的是那个人，才让她不但发挥了自己的天分，还掌握了命运，反败为胜。

“后来呢？”龚屿汐轻轻问道。

他想问，后来是不是任苒就和他在一起了。毕竟一个年少有为，另一个青春貌美，他们两人在一起，简直是顺理成章的事。

“后来？”任苒笑了笑，脸上带着一丝嘲讽，“我见到他的时候，他已经在业内很有名气了，后来当然是跟在他身边学了不少设计方面的东西。虽说我跟他的设计完全是两个方向，但说实话我也借了他不少的力。”

嗯？

明明是长腿叔叔和洛丽塔的故事，怎么突然之间就转到职场上来了？

画风转变太快，龚屿汐一时适应不了。

任苒后知后觉，才看到龚屿汐眼中的困惑："你那是什么表情？"

"我……"龚屿汐张了张嘴，"我以为你们两个人要发生点什么……"

这不是标准的都市偶像剧开头吗？他酸不溜秋地想。

他们如果是都市偶像剧开头，那自己不过是个路人罢了。

"你在想什么？"任苒满脸惊讶，没好气地白了他一眼，"龚警官，我发现你私底下对于文学作品的审美好像不是很高。人民警察还是要提高一下审美。

"我跟他之间什么都没有。"

如果真的要说有什么，"孺慕之思"四个字，已经可以把所有感情都概括了。

什么都没有？这简直是对他智商和直觉的侮辱，龚屿汐立刻跳出来，捍卫自己的职业尊严："怎么可能？要是你们什么都没有，那你为什么千里迢迢跑回国，还专门为他找场子打抱不平，甚至不惜得罪你的雇主？"

任苒一愣，脸上闪过一丝不自然。

像是没有想到龚屿汐居然已经猜到龚玥的前任就是她的资助人一样，任苒不太自在地撩了一下头发。

"我帮忙打抱不平也不代表什么，你这个人思想能不能宽阔一点儿？除了男女之情，这世间还有其他那么多种感情，怎么就能全部归纳到男女之情上呢？”任苒越说底气越足，越发觉得就是那么回事，理不直气却壮起来，“龚警官啊龚警官，你的眼界能不能宽阔一些？打抱不平就是有男女之情了吗？不能因为是我人好？”

瞎扯。龚屿汐明显不信，任苒咂摸出几分不对来：“你干吗……一直问我跟他的关系？这跟你有什么关系？”

冷不防被任苒反将一军，龚屿汐当场就结巴了：“我、我、我……”

“我”了半天，都没“我”出个所以然来。

龚屿汐总算是知道什么叫风水轮流转。

他恐怕万万想不到，有朝一日他会和那些被他抓获的犯罪分子一样，当着对方的面绞尽脑汁地想借口。

突然，任苒凑近了看着他：“龚警官，你如此手足无措，很难让人不想歪啊。”

龚屿汐正要外强中干、声色内荏地问她想歪什么，她优哉游哉地补充道：“你就不怕我以为你喜欢我吗？”

轰——

好像有两道惊雷，在龚屿汐的耳边炸响，炸得他七荤八素，顿时找不着北，心里翻来覆去就一个念头——

完了完了，她发现了，她发现自己喜欢她了。

Part 09 玫瑰玫瑰我爱你

以他们两个的关系，和这些日子跟任苒的相处，她一定会借此机会来取笑自己的。

完了完了，他怎么那么沉不住气啊！

龚屿汐后悔不已，恨不得穿越到三分钟之前，狠狠地扇自己两个耳光，提醒他，面前这个女人心思剔透，不能掉以轻心。

任苒等了半天都没有等到龚屿汐的回答，她面露疑惑：“不是吧龚警官，这样的玩笑你都开——”

话音未落，嘴上就被一个柔软的东西堵住了。

任苒一瞬间，全身都僵硬了。

她没有弄懂龚屿汐为什么会突然吻她，这是恼羞成怒的新型表达方式吗？

至于龚屿汐，在触碰到任苒嘴唇的那一刻，他恨不得时光倒流回前一秒，他一定抽死自己也不会冲动之下就亲上去。

他其实什么都没想，就是想亲她，想亲就亲了。

龚警官是个实在人，想干什么就干什么，完全没顾及对方的感受。

任苒那么高傲的一个人啊，自己这么冒犯她，不得被她骂死！

完了完了。

龚屿汐都准备好被任苒推开，再给他一个大耳刮子。谁知等了半晌，对方都没有反应。面前女子的嘴唇如此柔软，让他忍不住沉溺其中。

龚屿汐把心一横，干脆一不做二不休，把眼睛一闭，伸手揽住任苒的腰，把她抱进自己怀里，打算加深那个吻。

就在这时，一阵熟悉的犬吠声响彻整个山间，仔细听起来还有那么点喜气洋洋的味道。

“汪汪汪！汪汪汪！”

种——花——

它怎么会突然出现在这儿？

龚屿汐刚刚反应过来，肩膀上一重，猛地被推开。

任苒双颊飞红地坐在那儿，低着头也不知道在想什么。

既然事情都做了，他那点狼子野心在任苒面前也瞒不下去了，龚屿汐打算择日不如撞日，今天晚上正好问问任苒的意愿，既然她坚称跟她资助人没什么，那就问问她，想不想跟自己有什么。

他张了张嘴正要说话，冷不丁地，一个毛茸茸的东西从车窗外蹿了进来，准确无误地一屁股坐到了他的怀里。

任苒被吓了一跳：“啊！”

可始作俑者丝毫不觉得，转过头来冲着龚屿汐甜甜一笑：“嗷呜。”

龚屿汐顿时黑了脸。

很好，明天吃狗肉，正好加餐了。

看到龚屿汐阴恻恻的眼神，种花意识到自己犯了大错，下意识地缩了缩脖子，跟龚屿汐拉开了距离。

原本的气氛瞬间荡然无存，龚屿汐有心表白，却也无力回天。

但他还打算挽救一下：“你说——”

话音未落，外面就传来一个气喘吁吁的声音：“等等……等等我呀……种花，你别跑那么快……”

龚屿汐脸更黑了。他可能跟卢飞宇八字犯冲。

龚屿汐抿唇片刻，控制住自己体内想冲出去把对方就地正法的冲动，卢飞宇已经来到了龚屿汐的车前。

只见他气喘吁吁地用双手撑住腿：“龚屿汐啊，你不知道你家狗子多能跑。这些日子训练还算是小有成效，你看它……”

好嘛，龚屿汐总算是知道，为什么种花会出现在这儿了。

他轻轻磨了磨后槽牙，打算抽个时间搞死卢飞宇。

警犬队。

卢飞宇围着龚屿汐团团转：“怎么了，你跟我说究竟怎么了嘛？

自从那天晚上我把种花给你送回来之后，你对我就一直不冷不热的，难不成我还给你把狗送错了？”

龚屿汐不想理他，牵着种花打算离开，谁知卢飞宇根本不给他机会。

见他要走，卢飞宇连忙跟上，喋喋不休地说道：“问你我究竟做错了什么，你也不说，难不成我好心好意帮你把狗送回来，反而做错了？龚屿汐我跟你说，做人不能这样。我这不是看你太忙了，唯恐你把种花和沾沾给忘记，专程给你送过去，你怎么能这样呢？”

卢飞宇越说越觉得委屈，感觉自己一腔好心简直所托非人，龚屿汐就是个活脱脱的负心汉，不理解他也就算了，现在还在给他甩脸色。

他委屈，龚屿汐比他更无话可说。

龚屿汐绕来绕去都绕不过卢飞宇，索性自暴自弃，将种花脖子上的绳子一扔，没好气地说：“我怎么了？我一没跟你发火，二没给你摆脸色，就是暂时不想理你而已。难道我还不能独自清静一下吗？”

要是卢飞宇易地而处，多半做得比他还要过分。他只不过是暂时不想理这个人罢了，怎么就十恶不赦、罪大恶极、不可原谅了？

见龚屿汐终于说话，卢飞宇可算是找到了突破口，他把腰一挺，理直气壮地说道：“嗐，你还没意识到你自己的错，你不理我就是你的错。”

龚屿汐对他简直无话可说。

龚屿汐拍了拍卢飞宇的肩膀，语重心长地说道：“我觉得那天丁局说的话没错，你抽空还是去谈个恋爱吧。”

他说着就牵起种花绕开卢飞宇，要往训练场走去。

卢飞宇站在原地，把龚屿汐的话琢磨了半天，始终没有反应过来，连忙三步并作两步地追上龚屿汐：“你这话什么意思？你说清楚，我怎么就需要谈恋爱了？”

“哦，我知道了。”卢飞宇恍然大悟。

龚屿汐听到他这么说，颇有些讶异地抬起头来看向他。

这人迟钝了二十几年，现在终于灵敏了一次？

他真知道了？

只听卢飞宇说道：“你肯定是嫉妒我这次在职工技能比赛上大放异彩，收走了不少女孩子的情书。你觉得这些情书原本应该是你的，现在落到了我的手上，你嫉妒我！”

龚屿汐一脸无语。

他果然不该对某个人这方面的灵敏度抱有太高的期待。

“但你也不能这样呀。谁规定了所有小女警的情书都要送到你一个人手上？龚屿汐，你未免也太看不起人了吧。”卢飞宇振振有词，“大家各自帅气不行吗？”

“没有不行。”龚屿汐十分恳切地对他说，“卢大哥，卢大爷，卢叔叔。我现在要赶着去训练种花，这件事情，就此打住行不行？不过你听我一句劝，去谈个恋爱吧！”

他说着就牵起种花，锲而不舍地往训练场走去。

卢飞宇的声音远远传来：“为什么？你就这么怕我把那些小女警给抢走了吗？龚屿汐，你心虚——虚——虚——”

空旷的操场里，回声远远传来，让人膀胱不由得抖了三抖。

龚屿汐头也不回，冲他喊道："我怕你将来即便是找到对象，也不会谈恋爱——爱——爱——"

这下成惨叫了。

卢飞宇听到他这话，不屑一顾，他"嘁"了一声，小声嘀咕："还不是嫉妒我。"然后再也不管龚屿汐，异常有成就感地离开了。

龚屿汐牵着种花走到训练场上。

他揉了揉种花脖子上的毛，一时之间有些百感交集。

卢飞宇的话，倒是引出了他的几分愁思。

自从那天跟任苒那一吻之别后，他们两个就再也没有见过面了。也不知道是不是因为心里有事，以前没有发现和任苒分开的日子这么难熬，现在总觉得一分一秒好像都被无限延长了一样。

龚屿汐又掏出手机来看了一眼，上面安安静静的，连个消息都没有。

"唉！"他轻轻叹了口气。早知道当初就不那么孟浪了，任苒如此高傲的一个人，被他轻薄了，还不知道在心里怎么骂他呢。

眼看着他们的关系才稍微好一点儿，说不定又要被他搞砸。

他妈说得没错，他果然是搞砸关系的小能手。

这么一想，龚屿汐就越发没有训练种花的心情。他低头看向种花："沾沾有没有说什么时候来找你？"

种花："嗷呜……嗷呜……嗷嗷嗷……"

“好吧。”龚屿汐也不知道听没听懂，径自抬起头，双目放空，“看来你跟你爸爸我是一样的，都陷在感情中脱不开身，我们父子俩命怎么这么苦？”

种花：“汪汪汪！汪汪！”

命苦的是他，不要把自己扯上！

“行了行了，我知道了。”龚屿汐拍了拍它的脑袋，“这不是没有办法的事情嘛，古往今来多少能人志士都栽在一个‘情’字上，我们父子俩为情所困，不算什么丢脸的事情。”

种花发现他还听不明白，立刻更着急了，跳起来不停狂吠：“汪汪汪汪汪汪汪！”

龚屿汐一巴掌拍在它头上：“行了行了，别来烦我，自己去玩儿吧。”

他解开拴着种花的绳子，让它跑了出去，自己却坐在台阶上，怔怔地望着天空出神。

他看了一眼手机，犹豫地想着，要不然自己还是主动给任苒打个电话吧……

转念一想，他又觉得不妥。

他在任苒心中说不定已经被拉黑了，要是自己打个电话去岂不是更加惹她讨厌？

另一边的小人又跳出来告诉龚屿汐：“可是这么一直拖着也不是办法啊，男子汉大丈夫，做事情还是干脆一点儿，不要拖泥带水，磨磨叽叽的。喜欢还是不喜欢，一句话的事情，也好让自己心中那块大石落地。”

之前的那个小人反驳道："那也要看什么情况好吧？摆明了他之前把情况搞得很糟，任苒又是个相当高傲的姑娘，如果贸然过去，非但引不起她的好感，反而还会招来她的厌恶，岂不是得不偿失？"

"那难道一直在这儿坐着就能有什么好消息吗？没准人家姑娘以为你是亲了人，不想负责任呢，说不定就把你打到渣男那一行列了。"

"那也好过贸贸然找上去。有道是按兵不动，观其行止。对方还没有出招，你就慌里慌张地把自己的底牌亮完了，岂不是让自己陷在越加被动的位置？"

龚屿汐觉得最后这个小人说得有道理。

任苒现在要么是讨厌他，要么是喜欢他。如果是讨厌，那么他即便找上门去也没有用；如果是喜欢，不需要自己找上门，任苒肯定也会主动的。他只需要坐在这儿，等人家过来找他就行。

龚屿汐打定了主意。

五分钟之后，他站起身来。

等个屁，自己的幸福自己争取，他要去见任苒。

龚屿汐召回种花，将绳子套在它脖子上，轻轻地拍了一下它的脑袋，意气风发地说道："走吧儿子，我们去见你未来妈妈。"

"你跟种花……约好了什么时候见面？"任苒做娃娃做到一半，终于忍不住转过头来看着一直蜷缩在她脚边的沾沾，吭哧了半天才说了这么一句话。

明明房间里就她们一人一狗，一说完，任苒就觉得脸上发烫，她连忙找补："当然我也没有其他意思，我就是想问问你跟它约好了没有……我……我可以送你过去……不不不，没有没有没有……我这会儿正忙，没有时间送你过去……不过你要实在想去也不是不行……"

她一会儿可以一会儿不行的，说得沾沾睁大了黑漆漆的眼睛，愣愣地看着她，根本不知道她究竟想表达个什么意思。

任苒被沾沾看得不好意思，连忙将视线收回来，重新专注手里的工作："我就随口一说，你不要往心里去。"

想了想，她又补充道："当然你如果真的想去的话，我也不是不能送你去……"

那天晚上，她被龚屿汐吻了，都还没来得及问他为什么突然吻自己，龚屿汐的那个好朋友就带着沾沾和种花过来了。

用对方的话说，他是看到两条狗子大晚上的都没有人去领，出于一番好心，所以才专程给龚屿汐送来。车子在半路上还抛锚了，所幸抛锚的地点离龚屿汐家不远，他才牵着两条狗走了过来。

也正是被他那么一打岔，任苒想要问龚屿汐几句话都没有机会。

她慌里慌张地下了车，根本顾不上龚屿汐，牵着沾沾就一路小跑。后面隐约听到龚屿汐好像叫了她两声，但她也没有回头，牵着沾沾一路跑下了山。

任苒脑子间那团糨糊被夜风一吹，总算是清醒了过来，可是清醒过来之后才发现，自己早就跑到了山下，也根本不可能再回去了。

那天晚上，她和龚屿汐终究差个结尾。

她很想问问龚屿汐，那个吻究竟是什么意思，是他看自己好欺负见色起意，还是突然心中情愫涌起，又或者是蓄谋已久，他早就喜欢自己？

可是这样的话，她却说不出口。专程去找龚屿汐问这些好像又显得太刻意，她太在乎这个人了一样。

可是不问吧，这些天她连个好觉都没睡成。

“都怪龚屿汐，都怪他，都是他的错！”任苒越想越生气，手中的娃娃仿佛成了那个讨人厌的家伙，她握着针狠狠地朝娃娃身上扎去。娃娃就是龚屿汐一样，承担了她此时的怒火。

“丁零零——丁零零——”

一阵门铃声打断了任苒的怒气，她站起身来朝着门口走去，一边打开视频窗口，一边问道：“谁啊——”

声音戛然而止，外面站着的那个人可不就是她这几天所有烦恼的源泉吗？

任苒下意识地合上了视频窗口的盖子，自己靠在墙壁上，一颗心怦怦怦地跳，好像要跳出胸腔了一样。

“他怎么会在这里？他来干什么？该不是……”任苒心中闪过一个念头，就在这个念头在她心中越扩越大的时候，她却赶紧摇了摇头，“不，不可能的，绝对不可能。”

具体是什么不可能，她也没说出个所以然来，总觉得只要自己先否定了，即便是再糟糕的情况发生，她也会有心理准备。

任苒深吸一口气，总算是做好了心理准备，重新打开了视频，却见那个人已经不在门口了。

走……走了？

这是什么转折？

任苒一头雾水地看着空空荡荡的门口，还没有反应过来。

她做了那么多的心理准备，好像一拳打在了棉花上一样。

人家根本不管她想象的结果有多好有多糟，干脆拍拍屁股一走了之。

这是什么人什么脑回路？简直欺人太甚了吧！

任苒心中冒出一股无名火，她猛地推开门："龚屿汐你——"

"什么？"门口的人抬起头。

任苒瞬间哑火，讪讪说道："你……你没走？"

"走？"龚屿汐下意识地看了一眼电梯口，没弄明白任苒怎么就想到他走了。

他好不容易鼓起勇气，到了任苒这边，哪有那么容易就走？

任苒的怒火像是哑了的炮，瞬间悄无声息，梗得她胸口生疼。

她看了龚屿汐一眼，不太自在地问："你来……你来干什么？"

"我……"龚屿汐起了个头，后面的话有些说不出口。

屋内的沾沾许是嗅到了种花的气息，连忙"嗷嗷"地狂奔出来。种花再也不受龚屿汐的控制，挣脱了绳子就这么冲进了任苒的房间，与沾沾嬉戏在一起。

看着不停欢跳的两条狗狗，龚屿汐急中生智，连忙说道："我就是带种花过来看看沾沾，它们两个不是好几天没见了嘛，这段时间我又不见你过来找我，所以我……"

“哦。”任苒情绪有些低落……果然还是自己自作多情了。

不知道为什么，她现在不仅看种花不顺眼，看龚屿汐也不顺眼。

她没好气地说道：“原来就是带种花来看沾沾啊……”

龚屿汐心中一动，鬼使神差地补充道：“当然不止。”

任苒猛地抬起头。

龚屿汐抿了抿唇，眼睛到处乱飘：“我……我好多天没有见你了，也想过来……也想过来看看你。”

任苒的眼睛一下亮起来了，刚才梗在胸口的那团火气化作无数雀跃的小鸟，不停地从她胸腔往外飞。

她控制住不停上扬的嘴唇，又将龚屿汐的话重复了一遍：“过来看我啊……我有什么好看的，你不是随时都见得到吗……”

关键时候，龚屿汐福至心灵，不需要别人指导，直接就说道：“我就是好几天没见你了，特别想你。哦，对了，我来是想问你，愿不愿意、愿不愿意去我家吃饭！”

后面这句话他说得斩钉截铁，差点儿把自己舌头咬了。

龚屿汐说完就十分后悔。他这说的是些什么乱七八糟的玩意儿，怎么听起来好像任苒是个好吃鬼一样？喂了两顿糖醋小排就把自己给卖了？

他急急忙忙地要找补：“不不不，我不是那个意思，我是说……我是说……我是说我妈她特别喜欢你，能不能继续跟我回去一起吃饭！”

他说完就恨不得把自己的舌头咬掉。他今天是跟“吃饭”两个字过不去了是吧？

任苒脸上的笑容渐渐消失了，她瞟了龚屿汐一眼，不太痛快地说道：“你要找人回家陪你吃饭，你们队里多的是。远的不说，卢飞宇不就挺乐意跟你一起回去吃饭的吗？干吗成天来找我？”

这个人把自己当什么了，难不成她就那么好吃，喂了两顿饭就能跟着他一起走？

任苒说完，转身就要朝屋内走去。龚屿汐眼疾手快，连忙一把抓住了她的手臂，强行将任苒给转了过来。

“不是，不是这样的，你跟他们不一样……”龚屿汐急急忙忙地想要解释。

任苒抬起下巴，傲然问道：“我跟他们……怎么不一样了？”

龚屿汐深吸一口气，拿出了破釜沉舟的架势，眉目之间全是少见的郑重：“你是我喜欢的人，全天底下独一份儿。自然、自然不一样。”

他说完，连大气也不敢出，眼睛一直盯着任苒。

任苒唇边的笑容不由自主扩大了。

龚屿汐一直盯着她，接收到了她甜美的笑容，心中的一块大石正要放下，却见她脸上的笑容“咻”地收了起来。

她将手臂从龚屿汐的手中抽出来，转过脸去：“谁知道你还有没有跟其他姑娘说过这些……”

“没有没有。”龚屿汐连忙表示自己是清白的，那架势好像要发誓一样，“这么多年我就只表白过一个人——”

他话没说完，任苒就转过头来：“我记得，是那个石膏妹子吧。”

龚屿汐懊恼不已。

龚妈妈可能不知道，她无意当中的一句话，简直成了坑儿证据。

龚屿汐小声哼哼：“那都是多少年以前的事情了……再说了，我跟她压根儿就没开始过。”

这话任苒倒是相信的。毕竟不是每个女孩子都有那么宽大的胸襟，能接受一个脑子如此不在线的男朋友。

她也不在这件事情上继续纠缠，转过身来重新坐回到自己的工位上，低着头，开始一针一线地制作娃娃。

龚屿汐在客厅里站了半晌，都没有听到下文，愣愣地看着任苒。

见她大有沉溺工作、把自己忘了的架势，他不得不问道：“你……你……你就不说点儿什么？”

任苒头也不抬：“说点什么？”

龚屿汐那一瞬间张大了嘴，颇有些不可置信地看着她：“我刚刚才跟你……我刚刚才跟你……你就不准备说点什么吗？”

任苒抬起头：“你刚才跟我怎么了？”

龚屿汐目瞪口呆地看向她。见过翻脸不认人的，没见过翻脸翻得这么快的。前脚才逼得自己跟她表白，后脚就一句话不说。

她要是个男的，准是渣男！

一腔悲愤萦绕在龚屿汐的心头，他觉得自己好像一个被欺骗了感情的无知少女一样，可偏偏那个欺骗他感情的渣男还坐在对面，满脸的无所谓。他顿时受不了了，冲着任苒喊道：“你怎么能这样？”

大龄少男的感情也是很珍贵的好吧！

任苒从未见过这样的龚屿汐。

他在自己面前一直都是游刃有余的，如今像个被骗了身体的小姑娘，反倒让人觉得新鲜。她心里那点少有的恶作剧因子瞬间激活了。

任苒一仰身，靠在沙发上，似笑非笑地看着龚屿汐："我怎样？"

龚屿汐："你！"

他起了个头就说不下去了，自己表白一次不被人家接招就已经够羞耻的了，没想到那个人更坏，硬是要他继续表白。

龚屿汐猛地住了嘴，转过头不想看任苒。

见他有生气的趋势，任苒站起身来，跑到他面前转了两个圈："生气啦？"

龚屿汐别过脸不理她。

"真生气啦？"任苒仰头，打量着龚屿汐。

龚屿汐看也不看她一眼，继续把头一偏。

哼！

他那可以迷倒单位里所有人的盛世美颜，才不给这个负心薄幸的人看呢。

见他真的生气了，任苒才有点慌："别呀，你这人怎么这么不经逗呢？我是逗你的——"

龚屿汐满腔不忿，截口道："这种事情是可以随便拿来逗人的吗？要是我也这样逗你呢，你会不会生气？"

任苒听他这么说，一反思，果真觉得自己刚才有点过分。

她硬着头皮说道："那……那不是惩罚你吗？谁让你那天晚上对

我动手动脚来着？这也不能怪我……”

声音越说越小，连她自己都觉得毫无底气。

龚屿汐还没有消气的样子，任苒摆摆手，说道：“行了行了，这件事情是我不对，龚警官你大人有大量，就原谅我吧。”

龚屿汐轻哼一声，根本不理她。

见他依然不理自己，任苒才觉得这回可能是把龚屿汐得罪狠了。

她连忙认错：“好了龚警官，是我错了，是我不懂事，你就不要跟我一般见识了。”

龚屿汐还是不说话。

见他依旧不吭声，任苒终于忍不住了：“你就说，要怎么样你才能原谅我吧。”

没看出来龚屿汐竟然是个这么小气的人。

见她这么说，龚屿汐脸色这才由阴转晴。

他轻咳一声，指了指自己的脸，勉强装出一副沉稳的样子，小声说道：“你亲我一下。”

任苒的声音陡然提高：“你说什么？”

她那声音一高，龚屿汐好不容易积攒起来的气焰，瞬间就被她打消得无影无踪。

他顿时气短，连忙给自己找补：“那……那、那你不亲我就算了。”

“哦——”任苒拖长了声音，“原来你是要叫我亲你呀，你早说嘛。”

听她如是说，龚屿汐的眼睛一下就亮了。那副样子，好像身后有个毛茸茸的大尾巴在不停地朝着任苒摇着。

任苒心里好笑。

她第一次发现，原来这个外表看上去高高大大的龚屿汐这么好逗。

见龚屿汐目露期待，任苒故意说道："既然你都说不用了，那就算了吧，毕竟我是个女孩子，总不可能主动献吻。"

龚屿汐的目光"唰"地又灭了。

他这眼睛像个探照灯一样，一下亮一下又灭，掌握了他眼睛开关的任苒玩得不亦乐乎。终于等到她玩够了，不想再逗龚屿汐了，她才大发慈悲地说道："我倒是有个小秘密要告诉你，你凑过来。"

索吻失败的龚屿汐对什么小秘密大秘密毫无兴趣，不过任苒既然都这么说了，他照做也就是了。

龚屿汐依言，把自己的耳朵朝任苒的方向凑了过去，只觉得有一只微凉柔嫩的小手，轻轻地揪住了他的耳朵，拎着他往她的方向靠。

龚屿汐整个身子不由得朝任苒的方向倾斜过去，忽然，一个柔软的东西凑到了他的脸上，像是蜻蜓点水一样，又飞快地从他脸上离开。

那个吻像是一簇火苗，瞬间将龚屿汐烧得渣都不剩。

他愣在原地，颇有些不可置信，好半天才反应过来，满是惊讶地看着任苒。

任苒原本还在偷笑，看到龚屿汐这个反应，不由得有些慌，连忙问道："怎么了？你怎么了？"

刚才还好好的，怎么这么快就傻了？

龚屿汐愣愣的，仿佛已经魂飞天外。

任苒下意识地伸出手，在他面前不停晃动："你究竟怎么了？倒是跟我说呀——”

话音未落，就有一只手扯着她的手，将她整个人猛地拽进了怀中。

她被龚屿汐抱在怀里，人就靠在他的胸膛上，耳畔是龚屿汐坚定有力的心跳声。

“我是太高兴了。”

说着，龚屿汐就俯身下来，轻轻吻在了她的唇上。

女子的唇齿间有一股莫名的香气，让龚屿汐忍不住沉醉其中。

他稍微用力，做出了那天晚上想做而没能来得及做的事情——加深了那个吻。

原本在任苒家中不停闹着的两条狗狗，不知道什么时候也停了下来，睁大了眼睛蹲在那里，看着依偎在一起的两道人影，唯恐打破了他们之间的和谐，连大气也不敢出。

种花眨了眨眼睛，见沾沾看得入神，悄悄凑过去，轻轻地舔了舔它的脸。

种花最近心情郁悒。

按理说，龚屿汐都已经出卖色相给任苒了，有了他的帮忙，自己亲近沾沾应该是顺理成章的事情。但是吧，它还是低估了这个未来丈母娘。

种花看了一眼沙发上那两个恨不得黏在一起的人，又看了看被任苒关在笼子里的沾沾，轻轻叹了口气。

沾沾在它耳边低声“嗷呜”着，劝它不要把任苒的行为放在心上。

毕竟，一个是它妈妈，一个是它男朋友，它夹在中间也很难做啊。

种花抬起头，眨巴了一下豆豆眼，不知道又想到了什么，嘴边露出一个猥琐的笑容，将脸抬起来，要把自己往笼子里送去。

嘿嘿嘿，笼子也阻挡不了它，嘿嘿嘿……

种花闭上眼睛，就在觉得快要触碰到女神时，一只包着毛巾的手，死死地握住了它的嘴巴。

嗯？

种花猛地睁开眼睛，就见它那位时常高贵冷艳的丈母娘正一脸冰霜地看着它。

“呃呃呃……”种花发出一声惨叫，不停地在地上磨蹭、弹跳，奈何嘴在别人手里，它就算是弹也弹不出个所以然。

任苒眯起眼睛：“我把沾沾关在笼子里都还阻止不了你的色心，种花，你色胆未免也太大了点儿吧。”

种花眨巴着豆豆眼：“呜呜呜，嗷……”

凭什么他们可以亲亲热热，自己的女朋友却只能看不能吃？

不公平！

任苒冲它露出一个狞笑：“不公平吗？对，就是这么不公平。”她双手叉腰，挑眉看着种花，“你能奈我何？”

“呜呜呜，嗷嗷嗷……”种花的身体在地板上扭成了一条波浪线，它抬起眼睛，不停地看向它爹，用眼神向龚屿汐求助：爹啊，救救我吧……

龚屿汐收到种花的求救信号，轻咳一声，站上前来：“苒苒，你看——”

任苒转过头，对龚屿汐露出一个堪称温柔的笑容：“我看什么？”

龚屿汐浑身汗毛倒竖，求生欲在此刻达到顶点：“你看，也到了让种花去训练的时候了，还是把它给我，让我带它去训练吧。”

他说得义正词严，正义凛然，仿佛他不是去驯狗，而是带着狗子炸碉堡、堵枪眼。

种花在地上翻腾得更厉害了：“呜呜呜，嗯嗯嗯，嗷嗷嗷……”

它流下宽面条泪：夫纲不振，夫纲不振啊！丧心病狂，丧心病狂啊！

片刻之后，种花由龚屿汐牵着，走出了任苒的闺房。

他们走到楼下，看着流水般的大马路，龚屿汐轻咳一声：“那个，种花，其实你丈母娘说得也没错，你现在，的确不适合跟沾沾在一起。”

种花高冷地抬起后腿。

龚屿汐还没发现，自顾自地说：“你还是应该有了自己的资本，再去谈——”

一股温热伴随着骚味的液体冲到了龚屿汐裤腿上，他立刻跳了起来：“种花，你、你大逆不道！”

种花冲他翻了个白眼，放下后腿，高贵冷艳地离开了。

呵呵，一个臭铲屎的，究竟是谁大逆不道？

Part 10
甜橙冰糖心

种花在龚屿汐腿上撒尿的后果就是，被龚屿汐公报私仇，加了很多训练项目。

“哈哈哈……”种花四肢瘫软在地，累得两眼发昏。

可是龚扒皮还是不放过它，走过来在它身上轻轻踢了一脚：“起来，训练还没完。”

还没完？

种花一听，眼前一黑，感觉小命立刻就要不保。

它耷拉着肩膀，灰溜溜地想离开，谁知才刚刚走了两步，就被一条长腿拦住了去路。

种花顿时怒了。

种花冲着龚屿汐露出一个龇牙咧嘴的恶狠狠的表情，抬起后腿，给他来了个尿液警告。

龚屿汐跟触电了一样，连忙把腿收回来，说道：“我这还不是为了你好？你也看到了，你未来丈母娘那么嫌弃你，要是你不做出点成绩来，她会同意你跟沾沾才怪。”

丈母娘像一座大山，压迫得种花慢慢放下了自己的后腿。

见危机解除，龚屿汐继续说道：“是吧？爸爸总不会害你的。来，”他拿了个仿真地雷在种花鼻子面前给它闻了闻，“前面场地里我埋了四个雷，五分钟之内，给我找出来。”他将那个地雷猛地扔了出去，“去吧——”

种花像是离弦的箭，立刻冲了出去。

狂奔吧，种花大帅哥！

种花做了个梦。

梦里，它和沾沾，还有三条混血狗崽子，应该是它和沾沾的孩子，一家五口，快乐地生活在青青草原上。

它们一会儿追蝴蝶，一会儿玩不知道哪儿来的毛线球，一会儿看风景，总之一家人好不幸福、好不愉快。

突然，一个膀大腰圆的女人踩着除草机，“轰隆隆”地赶了过来，原本像地毯一样的草原立刻被剃得这里秃了一块，那里秃了一块。

眼看那个除草机要碾到它们身上来了，种花连忙身手矫健地一跳，硬是从除草机的魔爪下跳开了。

可是它回头一看，发现它的老婆孩子没来得及跑开，眼看就要被那个除草机剃成秃子，那个女人也张开了血盆大口，冲种花嚷嚷道："你不配娶我女儿——"

关键时刻，种花浑身一抽，猛地惊醒了过来。

它刚刚是做噩梦？

那个女人……种花想了一下，越想越觉得面熟，想了半晌，它"嗷"的一声站了起来，那个女人可不就是它爸爸的女朋友嘛！

梦里还来骚扰它，遗毒深远。

种花虚弱地喘了口气，心有余悸地叹了声。

还好还好，只是在梦里——

它一口气还没有喘匀，笼子就被打开了，龚屿汐的声音在它耳边响起："出来了，今天你毕业考试呢。"

哦，它怎么忘了？今天是它结业考试，考完合格就能当公务员了！

种花立刻精神抖擞，神气活现地走出了笼子。

等着吧，它的沾沾公主，它一定会把沾沾从那个巫婆手中救出来的！

相信它！

也不知道是不是真的有人相信它，种花觉得，它可能要辜负对方的信任了。

从最后一项"高台独木桥"上下来，种花两腿发软，一屁股跌进了龚屿汐的怀中。

狗狗天生就有恐高症，能让它克服恐高症，走完那道独木桥，已经相当不容易了。

种花以为自己还是个小婴儿，错误地估计了自己的体重，跌进龚屿汐怀里的时候，差点儿让龚屿汐抱不住。

好险，龚屿汐正好接住种花，收到了它一个感激的眼神。

龚屿汐连忙拿出手机，跟种花来了张自拍，然后将照片发给了任苒。

他们种花毕业了！

种花像是知道龚屿汐是发给谁的一样，“咻”的一声从他怀里站了起来。

等着吧沾沾，我马上就来接你了！

然而，种花没能如愿。

毕竟它受制于人，龚屿汐说不可以，它就不可以。

当它被龚屿汐牵着走在市公安局里的时候，它浑身上下写满了不愿意。

种花不停地咬着绳子，用行动告诉龚屿汐，它要去见女朋友，它要见女朋友，它要见女朋友！

“晚上让你见。”龚屿汐轻轻拍了拍种花的脑袋，示意种花少安毋躁。

种花表示根本不信他，一把将嘴里的绳子吐出来，用眼神表示它的不屑。

院子里人来人往，被一条狗甩脸色，实在有损面子，龚屿汐连忙蹲下身来，在种花耳边小声说道：“你看啊，你现在上门，没名没分的，搞不好又被你丈母娘赶出来，要是今天晚上，你当着警队警犬的面，宣布沾沾是你女朋友，确认了它的身份，就算是任苒，也不好再说什么了。”

是……吗？

种花瞪大了豆豆眼，转头看向龚屿汐，用眼神问他，这样真的可行？

龚屿汐相当确信：“嗯！一定可以的。”

眼见种花将信将疑地转过了头，终于把它忽悠过去的龚屿汐松了口气，刚刚站起来，就碰到了同事。

他连忙打招呼：“早啊。”

“早。”同事头也不抬，走了两步，才像是忽然想起了什么一样，连忙退回来，拉住龚屿汐，“欸，龚屿汐，你这些日子是不是有什么好事情发生？怎么到哪儿都红光满面的？”

“哪里哪里。”龚屿汐被人说中心事，也不承认，反而虚假地谦虚道，“就算再好也没你好啊，你老婆不是刚刚给你生了大胖小子吗？老婆孩子热炕头，这是齐了。”

快来问我！快来问我！问我，我就告诉你，我谈恋爱了！

龚屿汐内心有个声音狂叫着。

听到没有，他刚刚说的是“就算”。

就算什么意思？

就算的意思是，他的确有好事情发生啊！

身为一名警务人员，还是一名正在锤炼中的警务人员，虽然单身二十六年，但一朝谈恋爱了也总不好跑出去到处跟人炫耀，这种时候，就要广大人民警察发挥自己的职业嗅觉，从蛛丝马迹中找到瓜吃。

只要有发现细节的眼睛，只要他们发挥主观能动性，天天都是吃瓜节。

等他们问起，一来显得他相当低调，二来又把他谈恋爱的事情宣扬了出去。

简直一箭双雕！

所以，快来问我吧，我都已经夸了你了，你怎么还不快问我呢？

那个同事“嘿嘿”笑了两声，龚屿汐见了，连忙做好等下放出惊天八卦的准备。

只听那个同事说道：“是啊，我那儿子，你不知道，虽然才出生没几天，可那个劲儿哦……我看大得很，将来没准也是个混世魔王。

“我跟我老婆一早就商量了，将来一定要对他严加看管，绝对不能让他调皮捣蛋。一旦放纵，以后可就难管了。”

龚屿汐：“嗯？”

不是说好的来问他关于他恋爱的事情吗？怎么还不来问？

只听那个警官继续说道：“唉，我跟你说龚警官，虽然人人都说我是人生赢家，我却不这么认为。现在二胎开放了，有个小子还不算最完美的，要是我老婆能再给我添个丫头，凑成一个‘好’字，那就是最好的了。”

龚屿汐终于发现，一旦当了父母，不管男女，都会无条件变成炫娃机，逮着机会就跟身边的人分享自家孩子，没有机会创造机会也要上。

眼见对方已经不可能问他心情这么好的原因了，龚屿汐附和地笑了两声，牵起种花就要离开。然而他才刚刚一动，对方又把他拦住了："哎，我跟你说龚屿汐，以后你生了孩子，就会对我这种老父亲的心情深有体会的。自家孩子怎么看都好，恨不得把全天下给他。”

“那倒是那倒是。”龚屿汐又笑了两声，不需要同事说，他也看出来了。

他正要再次离开，又被同事给拉住了："龚警官，你现在还年轻，一时半会儿不会结婚，也体会不到我们这些当父亲的心情。

“以前啊，我总觉得，结婚了就是把我套牢了，可等到我媳妇儿给我生了孩子，我才发现，原来人生的幸福不过如此。”

“那就好，那就好，以后好好对嫂子。”

龚屿汐要再次离开，对方还不让走："噢，对了，你还没有见过我儿子吧，我给你看他的视频，虎头虎脑的，拳头挥得可有劲儿了。”

龚屿汐无奈。

他站在那儿，被迫接受来自同事的单方面安利："你看这是他刚刚生下来的时候，长得多丑啊……这是一周的时候……慢慢长开了，小胖子黑乎乎的……喏，这就是现在了。”

好不容易等到龚屿汐陪着同事一起看完那些视频，便听到对方不无感慨地说道：“也不知道什么时候才能开口叫爸爸，那会儿我多半激动得比第一次见到他还要厉害。”

龚屿汐作为一个刚刚谈恋爱的男青年，根本就没有想那么多，也无法体会他同事这初为人父的心情，能运用的外交辞令已经用完了，站在那儿干笑两声，不知道该说什么好。

幸好，就在此时，卢飞宇神来之笔一般救了他：“龚屿汐——龚屿汐——”

“欸，来啦——”龚屿汐如蒙大赦，连忙朝着卢飞宇的方向赶去，边跑边对同事说，“有人叫我，我先过去看看，咱们回聊。”说着就脚底抹油，风一般地离开了。

继续跟同事待在一起，可能就要跟同事展望他儿子未来几十年的人生了。为了避免这种完全没有共鸣的局面出现，龚屿汐宁愿去面对卢飞宇。

他对着卢飞宇起码还能嘚瑟一下，面对同事那种人生赢家，他就算是想嘚瑟，也嘚瑟不起来。

卢飞宇老远就在跟他打招呼：“你有事没事怎么总往我们刑侦大队跑？”

“好歹我副队长的职务还没有被免去，凭什么不能进来？”这话龚屿汐就不爱听了，“再说了，即便是我不在刑侦大队，我一样是系统内部人员，怎么就不能过来了？”

他可没有忘记自己到刑侦大队来的目的是什么，就是想让这群万年光棍好好眼馋一下。他现在可是有女朋友的人了，他们还是光棍一个，要依靠相亲去解决自己的终身大事，自己坐在家中，老天爷就把女朋友送到了他手上，可不招人嫉妒吗？

龚屿汐当然不会放过任何一个炫耀的机会。

卢飞宇摸了一把种花的脖子：“那你说你来我们这儿干吗了？”

“来看看你们。”龚屿汐说着，就牵着种花往办公大楼走。

卢飞宇在后面连忙跟上，琢磨了一下他这个话，觉出点儿不对来：“不对，黄鼠狼给鸡拜年，没安好心。你肯定有事情才回来的。”

“早——”龚屿汐一边跟以前的同事打了个招呼，一边头也不回地对卢飞宇说，“我能有什么事情——”

话音未落，又有以前的同事跟他打招呼：“龚队长早啊，今天什么风把你吹回来了？”

龚屿汐一听，精神立刻就来了：“哪儿啊，就是回来请你们吃个饭。”

“哟，”对方立刻站住了，“是有什么好事？”

“你来了就是好事。今天晚上七点，粤州居，我订了包厢，可别忘了。”他说着就往里面走去。

卢飞宇连忙从后面冲上来，一把揽住了他：“龚屿汐，你肯定有什么事情瞒着我们。老实交代，究竟什么事儿？”

“啧，”龚屿汐将自己的肩膀从卢飞宇手中抽出来，“卢飞宇啊卢飞宇，你这个人简直就是以小人之心度君子之腹。我请你们吃饭能安什么坏心？难不成我还投毒？”

对于装大尾巴狼，龚屿汐已经相当得心应手：“还不是就想请你们高兴一下嘛。”他顿了顿又说，“顺便给你们介绍个人。”

他图穷匕见，终于把自己的目的说了出来。

卢飞宇精神为之一振：“介绍个人？”他反应过来，“好啊，龚屿汐，我说你今天怎么这么大方，舍得请大家吃饭了，原来是谈恋爱了。老实交代，是哪家姑娘遭了你的魔爪。”

“别什么魔爪魔爪说得那么难听。”龚屿汐强行压住唇边的笑容，“人家姑娘慧眼识珠，一眼就透过现象看本质，不仅看到了我龚屿汐玉树临风的外表，更看到了我金玉一般的内在。人家姑娘主动要跟我在一起的，什么魔爪魔爪，说得我好像是个人贩子一样。”

见他亲口承认，卢飞宇站在原地，内心仍不愿相信。

龚屿汐见卢飞宇那样，心中乐开了花。

笑话，他龚屿汐是谁？

刑侦大队最靓的崽，怎么可能没女孩子愿意当他女朋友？

他幸灾乐祸地对卢飞宇说道：“可别怪我提前一步啊，这缘分来了，没办法的事。”

卢飞宇愣了半晌，才从“龚屿汐找到女朋友”这个打击中回过神来，他犹自不敢相信。

不是他嫉妒，而是他实在想象不出来，哪家姑娘眼瞎至此，居然会主动追求龚屿汐。

卢飞宇拉住他：“你是不是找了临时演员，故意报复我那天晚上把种花给你送回来的事情？”

龚屿汐对卢警官的这种想象力无话可说。

他发现，有些人就是喜欢多想。

想得那么多好像就能弥补他没有女朋友的事实一样。这种人归根结底是什么？是狭隘。

卢飞宇就是一个这么狭隘的人，自己找不到女朋友，万年单身蠢宅男，又不乐意看到别人有女朋友。

不是狭隘是什么？

龚屿汐哼哼两声：“你要是不信，今天晚上就等着看呗。”

他说完，又语重心长地对卢飞宇说道：“飞宇呀，不是我说你，咱俩好歹是快十年的同学和同事了，你真的该谈恋爱了。再这么玩下去，你连脱单的机会都没有了。你不知道，现在婚恋上人家宁愿找离过婚的，都不愿意找没谈过恋爱的。越大脱单越难，更别说你还做着这么一个万年光棍职业。”

他拍了拍卢飞宇的胸膛：“兄弟，我现在找到女朋友了，也不是不想着你。要不然这样吧，我等下就回去问问我女朋友，她身边有没有适合的女孩子，帮你留意一下，都是熟人好说话，不至于太嫌弃你。别说兄弟没有帮你，我这可都是替你想着的——”

话音刚落，卢飞宇就一个扫堂腿过来了，龚屿汐连忙纵身一跃，堪堪避开他。

他牵着种花逃之夭夭：“你就嫉妒我有对象，我不跟你一般见识——”

龚屿汐奚落了一顿卢飞宇，心情大好，连带着看种花都顺眼了许多。

他跑到街对面，给种花买了两根肉肠奖励了它。突然想起今晚他请人吃饭这件事还没有跟任苒说，于是他连忙掏出电话，给她拨了过去。

电话响了两声，任苒接了起来："喂？"

"苒苒，今天晚上有空吧？"龚屿汐的声音听上去十分喜悦，然而接下来任苒的一句话，就像是一盆冰水，瞬间把他的喜悦给浇没了——

"没空，我要忙着给你堂姐赶工期呢，怎么了？"

龚屿汐没想到会是这个结果，他张了张嘴，半晌才说道："那你能不能、能不能把今天晚上的时间腾一下？"

"嗯……"任苒犹豫了一下，还没开口，电话那头就传来一个男人的声音——

"苒苒，这条狗狗你还习惯吗？"

声音温润，好像春风拂面，让人不由得心生亲近。

龚屿汐握住电话的手下意识地收紧。

虽然没有见过对方，但他莫名就觉得那个人一定是任苒那个资助人。

就是那个，她提起来，浮在眼底的月光都温柔了的那个资助人。

任苒一愣，敏锐地察觉到龚屿汐可能误会了，正要说话，就听到龚屿汐连忙说道："好的，没问题，你忙吧。"

说完，他就挂了电话。

街上人来人往的，龚屿汐看着那么多人，心里忽然就空落落的。

如果是资助她的那个人问她，她还会这样直接问都不问一声就拒绝吗？

她就没想过为什么自己会突然叫她吃饭吗？

盯着繁忙的路面，龚屿汐脑中突然冒出这个念头。

这句话在他心里一闪现出来，他自己都吓了一跳。

什么时候开始，他竟然变得这么斤斤计较了？

龚屿汐一边笑自己谈了恋爱之后便矫情了，一边强行让自己把这个念头压下去。

然而，他越是想压下去，那个念头就好像在他脑海里生了根一样，越是挥之不去。翻来覆去想的都是，假如任苒面对的是资助她的那个人，是不是就会做出不一样的选择？

那天晚上任苒在山间说起那个人时，眼中流露出来的温柔是怎么都骗不了人的。

那是他从来都没有在任苒身上看见过的，她更加没有对他露出过那种神情。

早有一个人在他遇见任苒之前，已经给予了她最大的安慰，自己即便是有能力，让她此生不再受到波折，恐怕也比不上那个人的及时。

锦上添花，从来都比不上雪中送炭。

龚屿汐的心里有点凉，脚边传来“嗷呜”一声，他低头一看，才发现是种花。

可能是看到龚屿汐有段时间没理会自己，种花在他面前不停地跳着，想要吸引他的注意力。

看到它，龚屿汐哑然失笑，伸手拍了拍它的脑袋：“行了，我们先回去吧。”

今天晚上这个宴请任苒来不了，他得想办法糊弄过去才行。

任苒看了一眼已经挂了的电话，微微愣神。

龚屿汐这是……生气了？

应该不会吧。

他这个人，从头到尾看上去都跟矫情、多愁善感这样的词沾不上边儿，他会因为肖瑾宴偶然间的一句话，而心里不舒服吗？

不会吧？

任苒自动默认龚屿汐不会介意，转过头来朝沙发上的肖瑾宴露出一个笑容：“你怎么有空回国？”她微嗔，“也不跟我提前说一声。”

肖瑾宴笑起来：“也是临时决定的，走得匆忙，也就没有跟你说。”

他看上去三十来岁，一身熨帖的西服让他看上去既精神又儒雅。他眼睛相当沉静，笑起来，好像整个世界都在他眼中，他什么都能包容一样。

这就是资助任苒的人，也是改变了她整个世界的人。

她今天本来是在家做事的，谁知门铃响了，打开一看，发现肖瑾宴就站在外面。

惊喜自不必说，但也知道他回来的目的没有那么单纯。

听他如此回答，任苒低头，尖锐地笑了一声：“是怕我找龚玥麻烦吧。”

所以才专门回国，就是想打她个措手不及，让她没有防备。

肖瑾宴哑然失笑："你这是想到哪儿去了。"他看向任苒，"我发现你气色好了很多。"

这句话，不知拨动了她哪根心弦，让她立刻红了脸。

"哟！"肖瑾宴打趣起来，"还不好意思了，是谈恋爱了吧？"

任苒被他笑得不好意思，连忙站起身来："哎呀，你好烦啊，你专门过来，就是问我谈恋爱了没有吗？"

肖瑾宴突然压低了身体，目光定定地看向她："当然。我们家小姑娘谈恋爱，我自然是要把关的。"

"小姑娘"三个字，让任苒心中莫名一动。

这是多久没有听到他这么叫过自己了？好像很久很久了。不知道从什么时候开始，那个站在他身后，对他亦步亦趋的小女孩渐渐拥有了自己的意识，像个美丽的人偶娃娃，终于有了灵气，有了属于自己的生命力。

任苒抬起头看向他："有空了带他来见你。"

"好。"肖瑾宴笑起来，眼睛弯弯的，气质温和。

自从那个男人的声音突然从电话里传出来之后，龚屿汐的心情就一直不怎么好，连带着晚上吃饭，心情也郁郁的。

心情不好是一方面，另一方面，他也是怕卢飞宇问他，索性摆出一副跟女朋友吵架了的样子，好让卢飞宇不要在他伤口上撒盐。

卢飞宇果然不敢问，龚屿汐难得得了个清静。

他私下暗笑，他知道卢飞宇肯定很想问他的，但是又碍于情面不好问，最终没有问出口。

不得不说，卢飞宇虽然经常不当人，但关键时刻还是靠得住的。

笑完卢飞宇，他心里又不可抑制地升起一丝黯然。本来，今天晚上他完全可以把任苒介绍给他同事朋友的……

因为知道龚屿汐心情不好，大家也没有多闹他，吃完饭就离开了。

他这段时间忙着训练种花，跟任苒好几天没见过面了。今天晚上本来想叫她一起吃饭的，谁知道……

那个男人的声音像是一根针一样，狠狠地扎进龚屿汐的心，弄得他想不在意都不行。

不知不觉间，已经走到任苒的公寓底下了。他抬头，看着高层亮起来的那盏灯，轻轻叹了口气。

上去吧。

龚屿汐对自己说道。

他和任苒还是男女朋友，况且，她和那个男人即便有什么，那也是过去的事情了，她现在属于自己就行。

可……有可能是人家不愿意和任苒在一起呢？

听任苒话里的意思，对方好像还对龚玥念念不忘。她那次提起，流露出的神情，也不像是跟人家在一起过的样子。

所以，搞不好人家根本从来都没有喜欢过她。

那自己，又算什么？

这个问题一冒出来，龚屿汐就想离开。然而电梯已经到了，只听

“叮”的一声，电梯门打开了。

任苒家的门开着，她正站在门口，送一个男人出来。

那个男人看上去书卷气十足，颇有些绅士的派头。龚屿汐看见了，下意识地就想离开，没想到刚刚转身，就听到任苒叫他：“龚屿汐？”

他不得不转身，从电梯里走出来，勉强露出一个笑容：“我……我来看看你。”

旁边肖瑾宴的眼睛像两盏探照灯一样，在她和龚屿汐之间来回扫着。任苒莫名就觉得羞赧，她光顾着害羞去了，没有注意到龚屿汐脸上的黯然，径自介绍道：“这是肖瑾宴，这是龚屿汐。”

“你好。”肖瑾宴伸出手来，跟龚屿汐不轻不重地一握，“今天太晚了，我先走了，你们好好相处。”

说完，他就转过身，朝着电梯走去。

龚屿汐看着他的背影，酸不溜秋地想：真是一个让人如沐春风的人。

任苒都往家里走了两步了，一回头，见龚屿汐还没有跟上，不解地道：“进来啊。”

龚屿汐牵着早就按捺不住的种花，慢吞吞地走了进去。人才刚刚站定，就看到餐桌上摆着几支蜡烛，一番烛光晚餐的架势。

他们两个还吃了烛光晚餐？

龚屿汐的心像是被酿了十八年的老陈醋泡着一样，酸得咕噜噜直冒泡。任苒见他看到餐桌就不走了，说道：“我本来想——”

话音未落，龚屿汐的电话就响了起来。

他做了个“制止”的姿势，拿起电话一看，脸色立刻变了。

龚屿汐把电话接起来：“喂，丁局。”

“好，马上过来。”龚屿汐一把扯住正要往沾沾面前狂奔的种花，对任苒说，“有个紧急任务，我马上就要走。”

种花在地毯上来了个急刹车，舌头都被勒出来了，差点儿命丧当场。它好不容易才看到自己女朋友，还没来得及亲近一下就被龚屿汐拖走了。

任苒连忙跟了几步：“你什么时候回来？”

“不知道。”他走了两步，又转过身来，眼中浮现出万千情绪，最终化作一个笑容，“放心吧，没事。”

任苒心跳莫名漏了一拍，点了点头：“注意安全。”

“嗯。”龚屿汐轻轻应了一声，拖着种花朝电梯口走去。

“上次你负责的那个跨省传销案又有了新的进展，我们即将对他们实施抓捕。这次前期侦查是王局在负责，抓捕行动交给了卢飞宇。龚屿汐，你能不能将功折罪，就看这次了。如果你再浮躁再搞砸，刑侦大队你就一辈子别回来了。”

丁局的话言犹在耳，龚屿汐一边开着车，一边对蹲在副驾驶上的种花说道：“这是你第一次出任务，我能不能归队、你能不能用实力说话，就看这次了。”

趁着红灯，他伸出一个拳头，种花也伸出前爪，跟他轻轻一碰。

他们一起克服了那么多的小困难，这次就看他们能不能继续合作无间，解决这个大问题了。

“根据线人提供的情报来看，他们现在在Z市城郊结合部一处烂尾楼里。这个传销组织大家上次都接触过，洗脑能力很强，还实施暴力控制，不少人进去了就逃不出来。他们人数众多，据说还有自制枪支和各种管制刀具，大家注意安全。”

卢飞宇三言两语交代了情况，拿出一张打印好的地图：“烂尾楼的地图Z市的弟兄传了我一份。烂尾楼共有六个大门，小周、老王，你们带队守在这六个出口处，不要让他们下来，有人跳楼逃出来的，也不能放过。屿汐和我带人包围，争取来个瓮中捉鳖。”

“瓦斯催泪弹和枪支弹药都发你们了，必要时可以换上真弹。”卢飞宇说，“带了警犬的各位，安抚好自己的搭档，不要让它们发出声音，也不要露出行迹。行动成功，回去有肉吃。”

龚屿汐摸到腰间冰凉的枪，一直怦怦怦跳个不停的心，总算是稍定了几分。

卢飞宇仿佛是看出了龚屿汐的不适应，在大家看不到的地方轻轻拍了拍龚屿汐的手，以示安抚。

时隔数月，终于再出任务，这一次，龚屿汐相信自己一定不会出纰漏的。

一定不会。

车子在夜色中急速向前行驶，开了两个小时，终于到了犯罪嫌疑人藏身的地点。

Z市的警方已经跟他们会合了，一行人按照之前部署的那样，悄无声息地朝楼上摸去。

特警大队的人从楼顶吊下来，龚屿汐和卢飞宇带人，前路包抄，将这群人的路全部堵死。

原本应当人迹罕至的烂尾楼，即便已经是深夜，也能听到里面传来的低语，仔细听，人还不少。

龚屿汐凝神去听，好像还有男女合在一起的喘息声。

他脸上露出几分尴尬来，转过头一看，卢飞宇满脸奸笑，正看着他笑得意味深长。

龚屿汐被他笑得脸颊发烫，转过头，色厉内荏地说道：“笑什么……”

卢飞宇打量了一下周围，到处破破烂烂的，弥漫着一股难以言喻的臭味。他压低了声音：“住这种地方还梦想着发财，他们还真是把‘苦其心志’这件事情践行得很彻底啊。”

“有了这份决心，干点什么不好？”吐槽归吐槽，龚屿汐眼睛依旧注视着房间内的一举一动。

这群人非常狡猾，连民居楼都不住了，跑来住烂尾楼，就是不想引人注目。但既然做了亏心事，想要不引人注目，哪是那么容易的事情？

烂尾楼也有人关注，一大群流浪汉聚集在一起，总会让人怀疑。附近派出所一查，立刻大惊失色。原来这群人哪里是什么流浪汉，而是传销组织。

恰好之前布下的局也到了该收网的时候了，丁局立刻下令，连夜实施抓捕，这才有了这一行动。

龚屿汐之前研究过，这群人相当警觉，但凡有风吹草动，他们高层就不会现身。也幸好市公安局提前做准备，已经在这里布防了好几天，确认首脑人物今天晚上就在这儿。

龚屿汐和卢飞宇商量好了，未免打草惊蛇，等下直接丢催泪弹，趁着对手慌乱，他们冲进去，将其一举擒获。

龚屿汐抬手看了下表，见时间到了。

“砰”的一声，大量烟雾从房间里弥漫开，立刻有人跳起来：“完了！是警察！”

“他们怎么会找到这儿来？”

“别管那么多了，赶紧跑吧。”

…………

里面的声音此起彼伏，龚屿汐在种花臀上拍了一巴掌，种花立刻凶神恶煞地冲了出去。

“啊——怎么还有狗！”

“好几条！”

“咳咳。”

“咚——”

是有人跳楼的声音。

几乎同时，龚屿汐和卢飞宇不约而同地一脚踹开门板，大喝道:“警察，举起手来！”

…………

现场虽然混乱，但好歹把人都抓住了。

两个警察在那儿清点人数：“二十三、二十四、二十五……”他们愕然抬头，“王局，跑了两个人。”

龚屿汐下意识地要转身出去：“我去——”

他说了一半才意识到领导还没有发话，硬生生地止住了脚步。

王局见他这样子，脸上忍不住露出一点笑容：“看来你这段时间驯狗还把你的性子训平了几分。行了，去吧。”

龚屿汐连忙带着种花，狂奔了出去。

“就是他？”

肖瑾宴坐在咖啡厅里，轻轻抿了口咖啡，如是问道。

“嗯。”任苒点了点头。她发现，肖瑾宴永远都是一副不慌不忙的样子，他身上的善意好像阳光一样，取之不尽用之不竭。

“昨天匆忙看了一眼，是个高瘦精壮的小伙子。”肖瑾宴笑眯眯地说，“我看他那天那个样子，该不会是误会我俩的关系了吧？”

怕是误会得还不少呢。任苒心里这么说，嘴上却说道：“哪能呢，他不会那么想的。”

肖瑾宴也不继续逗她，而是说道：“人倒是很精神，就是不知道为人如何。”

“他还挺好的。那个……”任苒犹豫片刻，最终还是说了出来，“他是龚玥的堂弟。”

那两个字一出口，肖瑾宴的瞳孔猛地往后一缩。

以为他在意这个事情，任苒连忙补充道："他跟龚玥不一样的，他不是那种人——"

"知道。"肖瑾宴轻轻打断了她的话，眼中闪过一丝促狭，"这么早就知道维护他了，看来你真的很喜欢他。既然你喜欢，那就好。"

任苒心里一直悬着的大石总算是放了下来。她抿唇笑了笑，忽然又像是想到了什么，问道："你真的要去看看龚玥吗？"

时隔多年，龚玥未必愿意见到肖瑾宴，又何必旧事重提？不过是徒增伤心罢了。

肖瑾宴的眼中浮出一道哀伤的光。良久，就在任苒以为他也不知道如何回答这个问题的时候，却见肖瑾宴微不可察地点了点头，坚定又笃定地应道："嗯。"

Part 11
柠檬伴蜂蜜

“你现在看到了吧？”任苒转过头，对肖瑾宴说道。

他目光如水，漫无边际地铺开，让人忍不住沉溺其中。

咖啡厅里，那张脸即便是经过时光磨砺，也依然美得让人惊心。

她一向都是个努力朝前看的人，过往种种，早就被她抛开，再也不能成为阻挡她前进的绊脚石。

肖瑾宴看着她的样子，百感交集。

也不知道是不是他的目光太炽热，一直听人谈话的龚玥终于抬起头，与他的目光，隔着咖啡厅的玻璃墙在空中不期而遇。

龚玥明显一怔，再也不能做到之前的无所谓了。

肖瑾宴见状，第一反应便是转身离开，然而他才刚刚转身，身后就传来龚玥的声音："等等。"

他回头一看，龚玥站在门口，目光里有着刀一样的尖利。

任苒一看到龚玥，下意识地就要站出来挡在肖瑾宴面前。然而她才刚刚一动，就被肖瑾宴轻轻一揽，揽到了身后。

他笑起来："偶然遇见，别来无恙？"

龚玥神情复杂地看向他："还好。你——"

他伸出手，指了指龚玥背后和她一起喝咖啡的那几个女人，示意她注意言行。

龚玥微微一顿，果然换了副谈笑风生的样子，刚才的锋芒收得一干二净，不知道的人以为她不过是见了个很久没见到的老朋友。

任苒对龚玥这种变脸速度瞠目结舌，不等任苒反应过来，肖瑾宴就对龚玥说道："可以赏脸跟我一起走走吗？"

他总有种让人无法拒绝的魔力，虽然两人阔别多年，龚玥也不是很想见他，但她还是点头答应了。

他们有话要谈，任苒也不好跟上。跟龚玥一起喝咖啡的那几个女人刚开始还探着个头来看，后来见龚玥和肖瑾宴一切如常，连探头都不了。

任苒信步走到街边，随便进了个小店。

肖瑾宴和龚玥这番谈话恐怕还要一段时间，她倒也不用那么着急。

她应该急的是向某个人解释。

任苒看了一眼自己纤细的手，有些无奈地笑了笑。

昨天龚屿汐走得太急了，弄得她到了嘴边的话都没能说出口。等她反应过来龚屿汐可能误会了，他却又被领导的一通电话给叫走了。

看来她得赶紧去跟龚屿汐把话说清楚，这种事情拖不得，拖得越久，越不利于他们两个人关系的延续。

也不知道那个人任务进行得怎么样了……任苒有心给他打电话，但又怕电话贸然打过去，影响了他办公。

她从来没有这样纠结过，总觉得一颗心在反复纠结之间左右摇摆，都不像她自己了。

“苒苒。”身后传来一个熟悉的声音。

任苒回头一看，发现是肖瑾宴，只见他对自己笑道：“我到处找你，没想到你在这儿。”

“这么快……”这么快就说完了？

龚玥已经不在了，肖瑾宴身后空荡荡的。任苒只是起了个话头，刚发出声音，就被她自己给掐断了。

她小心翼翼地打量着肖瑾宴，只见他眉目之间虽然忧郁之气依然，却没有了之前那种压抑，阳光了许多。

“嗯。”肖瑾宴轻轻应声，“你想买什么？”

“没什么，我就进来随便看看。”任苒跟上他的脚步，一起朝外面走去，“走吧。”

肖瑾宴并不是个话多的人，跟他在一起，很多时候都是沉默着。两人就这么沉默地走了一路，任苒终于忍不住问道：“你跟她说了什么？”

你心里的那个结打开了吗？

像是早就猜到任苒会有此一问一样，肖瑾宴笑起来：“你呀你，还是按捺不住你的好奇心。”

“什么好奇心，明明是关心你……”任苒轻声嘟囔。

“好好好，是关心。”肖瑾宴笑着，随即他脸上的笑容微微一收，眼中的忧郁更甚了，“其实也没有说些什么，我本来以为我见到她会有很多话要说，但真的见到她，才发现好多话都已经不适合说出口了。”

他们分别了那么久，早已经有了各自的人生，久别重逢不过是让各自尴尬，哪里还会像曾经一样无话不谈，亲密无间呢？

龚玥离开他的这些年，早已经长成了一副精明世故的样子，与他印象当中那个温柔可亲的人相去甚远。她已不是记忆中的模样，自己也不在她的记忆中。强行走在一起，不过是徒惹人侧目罢了。

是他之前看不穿，总留恋着过去的时光，总想着即便是她不在自己身边了，再见她一眼也是好的。可正是这一眼才让肖瑾宴发现，有些人或许永远不见才是真的好。

“我知道你不喜欢她，但从选择上来说她也没有错。她离开我的时候，我事业正在低谷期，连我自己都不知道什么时候才能走上正轨。与其让她长久地待在我身边，日复一日年复一年地埋怨我抱怨我，最终成为怨侣，影响孩子，倒不如当时就一拍两散，及时止损。”

“那孩子呢？”这样的话，肖瑾宴跟她说了无数次，每一次任苒都是这样问他，“她抛夫弃子，另择高枝，你可以不怪她。那孩子呢？”

你就能代替孩子的回答吗？

“孩子也不怪她。”肖瑾宴回答，“我一直想要见她，其实是不甘心多过我对她的感情。

“以前我总是打着她抛弃孩子的旗号，想要再去问问她，面对如今的我，她是否还依然会离开？可是世上哪有那么多的如果？孩子抛弃了就是抛弃了，这是他不得不接受的命运，问再多遍也改变不了什么。更何况，比起在孩子有记忆的时候抛弃，从一生下来母亲就不在身边，反而更容易让他接受。”

“现在说这些都没有意义。”肖瑾宴转过头来看向任苒，“龚玥非常清楚，若论感情，普化对她自然是及不上我。但那个男人能够给她真正想要的，起码是在她想要什么的时候，非常巧合地又正好送到了她的手上，独独这一点我就不行。

“即便是后来我事业发展得再好，差了那么一点巧合都不行。她很清楚自己要什么，比起来，我可能还活得没有那么明白。”

龚玥世故归世故，但她一开始就清楚地知道自己要什么。从跟普化在一起的那一刻她就明白，或许她此生都没办法再拥有一段真挚的感情，但她也从来没有过后悔。那是她自己的选择，不管做出什么样的选择，她都对结果甘之如饴。

听到肖瑾宴这么说，任苒轻轻挑了挑眉头，看来是她小瞧龚玥了。

龚玥是个狠人，年轻时为了荣华富贵抛夫弃子，如今前任找上门来，面对已然功成名就的他，也依然可以说出“不后悔”三个字。

“她是个聪明人。”任苒将手臂靠在路旁的栏杆上，伸了个懒腰，“她一早就知道反反复复首鼠两端对她没有什么好处，就算你找上门来，她在普化面前过得再不好，她也要说‘好’，不会在你面前流露出半分的后悔。”

“你可以说她狠，也可以说她虚荣爱面子，但这也恰恰是她高明的地方。”

那不然怎么办呢？当着肖瑾宴痛哭流涕，忏悔当初不应该离开？

可是人怎么能这样？

如果她真的后悔不该离开肖瑾宴，不但落人口实，还会让肖瑾宴看不起她。就算她离开了普化回到了肖瑾宴身边，他们还能像从前那样吗？

不可能了。

与其到头来竹篮打水一场空，什么都得不到，倒不如选择一条路一直走到黑。何况到普化身边是她精心策划的，她想了那么久终于如愿以偿，又怎么会如此轻易地放弃呢？

倒不如做足姿态，即便是再后悔也打掉牙和血往肚里吞，把姿态做得高高的。

与其说她世故，不如说她聪明。

肖瑾宴轻轻一笑：“不管是什么样子，过了就是过了，倒是我，你说得对，贸贸然找上门来反而落了下风。这一点上，是我不如她了。”

“不过没关系，找了就是找了，用不着这么纠结，反正也无伤大雅。”他眉目之间的抑郁一扫而空，困扰他多年的事情终于告一段落。也是等到他找到了龚玥，他才发现其实他自己并没有多爱记忆里的那个人，更多的还是不甘心。

可是不甘心又有什么意义呢？再多的不甘心也不影响他现在功成名就，不影响他们当年阴错阳差之下的分手。

时光滚滚向前，早已经带走了他们旧日的模样，如今两人相对，不过是徒增笑话罢了。

肖瑾宴突然想起另外一件事情：“我看你跟沾沾最近相处好像和谐了很多，你不怕狗狗了吗？”

任苒哑然失笑：“怕当然还是怕，但对沾沾不是那么怕了，这些日子我也在学着慢慢接受它。”

“你太孤单了。”任苒也可以称得上是少年成名。她性格本来就有些内向，成名之后成天在工作堆里打转，身边连个朋友都没有。有的时候看她一个人总觉得有些可怜，如今有沾沾陪着她也是件好事。

肖瑾宴抿了抿唇：“有空我还想去认识下你的那个男朋友，不知道你愿意引荐一下吗？”

“说的哪里话，应该我带他来见你才对。”任苒低头一笑，“不过最近这段时间他可能没空。昨天晚上他过来后，又被一个电话叫走，不知道要什么时候才能回来呢。”

龚屿汐他们在Z市并没有耽搁多久。逮捕过程当中逃了两个人，其中一个被龚屿汐带回，另外一个直到他们返回S市都没有踪影。提审犯人迫在眉睫，继续在这儿耽搁着也不是办法，与其一大群人耗着，倒不如先把手上的这些嫌疑人送回去。

种花这次表现得很好，龚屿汐赏了它很多肉吃，王局见了，颇有些赞赏地点点头：“丁局之前派你去警犬大队，我还不赞成来着。要知道现在警力这么紧张，你龚屿汐在队里，一个能当三个人用，把你换走了，我们又少个劳动力。没想到你去警犬队，把你的性子磨得还不错，比之前的浮躁可好太多了。”

龚屿汐抿唇笑了一下，没有说话，对王局的高度赞扬，表示全盘接受。

这个领导很有眼光。

他们累了两天一夜，浑身上下的骨头都在叫嚣着要休息。卢飞宇在车里伸了个懒腰，奈何那车小小的，装他这么一个将近两米的大汉，实在有些委屈。他伸个懒腰都伸不痛快，打了个哈欠，抱怨着说：“回去还暂时休息不了，我先打个盹儿吧。”

他们这些长年奋斗在一线的刑警早就养成了在哪儿都能睡着的习惯。卢飞宇在旁边鼾声震天响，然而龚屿汐坐在这头，眼中却有着一层浅浅的忧思。

回去之后又要面对任苒了，他还不知道应该怎么去面对她。

不管了不管了，反正顺其自然吧。

接下来就是长达整整三天的审讯。

审讯过程并不顺利，龚屿汐和卢飞宇分别带队，搭档了两个面善的同事。唱白脸的交给他们，自己则专注唱黑脸，连哄带喝、连骗带演，总算是把他们想问的问了个七七八八。

“通缉令发出去吧。”丁局在文件上签了字，抬起头看着眼袋都快掉到腮边的龚屿汐，“我马上要开个会，就先走了。”

龚屿汐从审讯室里一出来脑袋就昏昏沉沉的，也没留意到他说了什么，下意识地就把丁局的包提给他，跟在了他的身后。

像是想到了什么，丁局走了两步又转过身来，用手里的笔记本拍了拍龚屿汐的胸膛：“明天开始回来上班吧。”

什么？

这个消息好像一支兴奋剂打得龚屿汐瞬间上了头，之前的疲惫一扫而空。他猛地抬起头看向丁局，正要表达一下他内心的汹涌澎湃，可那个糟老头子早就猜到他要干什么，提着笔记本快步离开了。

没事儿，没事儿，反正等到他回来，有的是机会骚扰他老人家。

归队了！

这样就归队了！

龚屿汐牵着种花朝门口走去，他这一身形象虽然不像犀利哥，但也好不到哪儿去了。回去之后还是先好好洗个澡，把自己清理一下，然后睡个觉。至于这一觉睡到多久，得看他肚子什么时候饿，总之天王老子来了都不能叫他。

一提到睡觉，龚屿汐浑身上下的懒骨头好像都在犯痒。

他打了个哈欠，没注意到身边的人看他的表情都有些莫名。仔细一看，戏谑当中带着几分促狭，促狭里又有几分幸灾乐祸。

龚屿汐现在还沉浸在归队的喜悦中，根本就没有注意到身边这群人是什么表情。他边走边对种花说道：“你这次表现得很棒，为了奖励你，爸爸打算给你加餐。牛肉就不吃了，吃二师兄吧。”

这几天给种花加餐，他一个月的工资都快去了一半了。

种花立刻跳起来抗议：“汪汪汪汪汪汪！”

“你个不识好歹的，你知道最近二师兄的肉有多金贵吗？”龚屿汐在它脑门上打了一巴掌，种花非但没有消停下来，反而跳得更欢了。

趁着龚屿汐没有握紧绳子，一个不留神，它用力挣开了绳索，欢天喜地地向前面奔去。

不远处，一个女孩子牵着一条白色的拉布拉多犬，站在大门口冲着龚屿汐笑意吟吟。

不是任苒又是谁？

龚屿汐的脚步猛地一顿，他是说自己好像忘了什么事情，直到任苒出现在他面前，他才想起他究竟忘了什么。

那一瞬间，他的脚步有一点点迟疑，不复之前轻快，好像有谁给他加了两斤的沙袋一样，重得让他抬不起腿来。

任苒松开沾沾的狗绳，让它和种花闹成一团，自己走了上来。

“怎么，出去几天你反而不认识我了？”

“没、没有。”龚屿汐低头，不好意思地笑了一下，他看了一眼自己皱巴巴的裤子，“是……我怕你不认识我……”

话音未落，他就被一个带着冷香的怀抱给抱住了。

“哟——”

“咻——”

任苒刚刚抱住龚屿汐，身边就响起一阵喝彩声。她这才发现，不知道什么时候她和龚屿汐的周围站了不少人。

饶是龚屿汐一向脸厚如城墙，也有些不好意思。

他在任苒耳边小声说道：“看着呢，大家都看着呢……”

被他这么一提醒，任苒赶紧放下手，低下头，脸红红地小声嘀咕道：“你们队里这些人怎么这么喜欢起哄……”

起哄鼻祖龚屿汐一脸高风亮节：“唉，他们就这样，没见过世面，你别往心里去。”

说完，他连忙冲同事摆摆手：“起哄架秧子的哪儿哪儿都有你们。走走走走走……”

谁知他非但没赶走这群人，反而让他们来了兴致。

“可以呀，龚队什么时候谈了女朋友我们都不知道。”

“那天龚队请吃饭，原来就是想把女朋友介绍给我们认识啊，可惜我那天加班没能来得了。”

“你没来也没关系，反正我们也没有见着。”

“那天晚上龚队好像心情不太好，不知道是不是跟女朋友吵架了。”

“这就是龚队不对了，要是换成我的话，这么漂亮的女朋友，我肯定天天守在家里。居然还要跟人家吵架，真是不懂事儿。”

…………

龚警官站在人群中，任由他的好同事好同志，把他那些见不得人的旧事翻了个底儿掉。

他面无表情，目光像探照灯一样把这群人的脸一一记下来。等着吧，总有一天会还给他们的，不是在他们女朋友过来找他们的时候，就是在他们结婚的时候。

任苒抬起头小声地问龚屿汐：“原来你走那天晚上叫我出去吃饭，是想把我介绍给你的同事啊。”

“嗯哼。”龚屿汐不置可否。

任苒自知理亏，小声跟他解释道：“我那天晚上的确是有事……”

“我知道嘛，你那个资助人回来了，嘶——”龚屿汐不阴不阳地讽刺任苒，话还没有说完，腰间的嫩肉就被人揪住了，忍不住倒吸了一口凉气。

任苒放下手，冷冷地瞥了他一眼。

龚屿汐顿时不敢造次，在旁边乖顺得跟只鹌鹑一样。

任苒一言不发地转身就朝着人群外走去，龚屿汐连忙跟上，冲那群好事者挥了挥手：“赶紧去做你们自己的事情，别在这儿碍我的眼。”说着连忙大步跟上了任苒。

好歹事关自己的形象，龚屿汐也不好显得太理不直气不壮，跟着任苒走了好一截路，确认碰不到熟人了，才一把抓住她的手臂求饶道：“姑奶奶，我错了我错了，我真的错了。”

任苒转过头来，微微挑起了下巴，低垂眼睛，一副不好惹的样子：“你说你错在哪儿了？”

“我不该那么小气。”龚屿汐诚恳承认。

任苒不吭声。

见她不说话，龚屿汐的头又往下低了一点儿："我不该胡乱猜测你跟你资助人之间的关系。"

任苒还是不说话，眼睛开始瞟向别处。

龚屿汐小心翼翼地打量了她一眼，继续说道："我不该乱吃醋。"

一只微凉的手伸过来，准确无误地揪住了龚屿汐的耳朵。

龚屿汐浑身一颤，正在疑惑他妈什么时候把揪耳大法传给了未来儿媳妇的时候，那只手却没有掐他，而是轻轻地，像是安抚一般，摸了摸他的耳朵。

"没说你吃醋不对，也没说你不该怀疑我跟肖瑾宴的关系，更加不是在说你不该那么小气。"任苒没好气地说，"我是你女朋友，你吃醋你小气都是可以的。"

"哈？"龚屿汐一头雾水地看向她，马上就琢磨出几分任苒话里的意思，看向她的目光也充满了暧昧。

"看什么看。"任苒被他看得不好意思，轻哼了一声，转过头去小声说，"我是生气你不该讽刺我，有什么事情你直接说就行了，阴阳怪气地讽刺我，算什么？"

显得异常小气不说，还让她觉得自己辜负了龚屿汐一样。

龚屿汐点头受教："好，下次再也不敢了。"

见他如此乖顺，任苒总算是放过他："走吧。"

龚屿汐顶着个鸟窝头："去哪儿？"

任苒斜眼看他："你不是一直想弄清楚我跟我那个资助人之间的

关系吗？我这就带你去。”

龚屿汐一听，顿时大惊失色，连连摆手：“不不不，我不去，我这个样子不行……”

开玩笑，就算那个资助人不是任苒前任，那也跟她关系密切。要自己用这副尊容去见人，他宁愿再去训练一次种花。

无辜中枪的种花从嬉戏中抬起头来，莫名其妙地看了一眼龚屿汐。

不知道是不是它的错觉，它总感觉龚屿汐好像又在骂它。

任苒可不管那么多，一言不发转身就走，龚屿汐以为她又生气了，看了看种花，干脆一低头一咬牙，这样去就这样去吧，大不了他用人格魅力征服对方。

龚屿汐带着壮士就义的心情跟上了任苒的脚步，但任大美女当然不可能放任龚屿汐就这样出去丢她的脸，跟他一起回去洗了个澡换了套衣服，两人这才带着两条狗狗去了吃饭的地方。

走到餐厅，龚屿汐的电话惊天动地地响了起来。任苒以为他工作上又有事情，忍不住脸色微变。

龚屿汐接起电话：“喂？”

电话那头传来卢飞宇震天响的嗓门儿：“听说你女朋友来看你了？龚屿汐你骗得了别人骗不了我，这又是你从哪儿找来的临时演员——”

“砰”的一声，龚屿汐淡定地挂了电话，对任苒说道：“他没见过世面，不要跟他一般见识。”

龚屿汐表面一片平静，内心却波涛汹涌。趁着任苒不注意，他发信息给卢飞宇："你爹我不仅有女朋友了，等下就要去见情敌了。"

嘚瑟完，他就眼疾手快地锁了屏，把某个讨人厌的小气鬼锁在了那头。

推开包厢，映入眼帘的便是一个行李箱，龚屿汐微微一愣，就听到任苒淡淡说道："过来吧，这是我的老师肖瑾宴，这是我男朋友龚屿汐。"

"男朋友"三个字，成功地让龚屿汐嘴角控制不住地往后脑勺咧。任苒见龚屿汐有点嚣张，连忙一肘子拐到他小腹上。龚屿汐猝不及防，幸好反应及时，才在"情敌"面前维持住自己的形象。

肖瑾宴将他们的小动作尽收眼底，眼中浮现出淡淡的笑意，朝龚屿汐伸出手："你好。"

"你好。"龚屿汐拿出他富二代的矜贵，跟肖瑾宴的手不轻不重地一握，坐到任苒身边，"那天我没来得及，都没好好跟你打个招呼，后来又被领导临时叫走，过了这么多天才回来。"他目光放到肖瑾宴的行李箱上面，"怎么，这么快就要走？不多留几天？"

"不了，我这次回来本身就是有事，工作还没有安排，还是早点回去得好。"肖瑾宴脸上笑容淡淡的，"再说了，我儿子还在家呢，离开他太久我也不放心。"

"儿子？"龚屿汐愣住了，下意识地转头看向任苒，怎么跟他想的不一样？

任苒正在斯斯文文地吃着刚刚端上来的蟹酿橙，接收到龚屿汐的疑问信号，不置可否地点了点头："儿子。"

嗯？

龚屿汐一愣，好像事情跟他猜的有点不一样。

看到龚屿汐这一头雾水的样子，任苒脸上忍不住带了几分浅淡的笑意。他这副模样，极大地愉悦了任苒，他越是疑惑，任苒就越是不想说，她故意指着肖瑾宴说道："我能在圈子里站稳脚跟，肖瑾宴帮了我不少的忙。不过，他的英文名字或许你更熟悉——Chopin。"

龚屿汐微微睁大了眼睛："是那个设计的项链刚刚拍出七千多万人民币的那个 Chopin？"

任苒俏皮点头："嗯哼。"

龚屿汐顿时惊呆了。

这个 Chopin 不是那个手表品牌 Chopin，也不是那个钢琴家 Chopin，而是最近这十来年在国际上逐渐崭露头角的新锐珠宝设计师 Chopin。

龚屿汐虽然是个富二代，但也不是个不学无术的富二代。托他妈的福，龚屿汐对当今国际上几个比较出名的珠宝设计师还算耳熟，而这个 Chopin，靠着精巧设计，吸引了一票名媛贵妇成为他的死忠粉。

对手如此强大，龚屿汐不禁有点犯怵。

饶是如此，他还是勉强做出一副镇定的样子，说道："要是早知道是你，我就应该跟我们家母上大人说一声。她喜欢你很久了。"

肖瑾宴一直都是一副八风不动的样子："不着急，反正以后在一起的机会很多。"他目光移到任苒身上，其中满是深意，"苒苒虽然跟我没有血缘关系，但在我眼中，她跟我的妹妹我的女儿没什么两样。我知道她恋爱了，正好这次又回来，于是专程来看看你。”

“她前面十几年吃了不少苦，性格又高傲，往后还要你多包容。”肖瑾宴像个老父亲一样谆谆嘱咐，“当然，如果任苒有什么地方做得不好，你也可以跟我说，我会骂她。”

肖瑾宴淡淡一笑：“我就把我的妹妹我的女儿交给你了，龚警官，你敢接吗？”

送走肖瑾宴，任苒转过身来，第一眼就看到了站在街边的龚屿汐。

这顿饭龚警官受到的冲击太大，一时半会儿还没有回过神来。任苒抿唇一笑，挽住他的手臂：“走吧。”

“就……就走了？”龚屿汐吓了一跳，回过神来连忙看了一眼刚刚肖瑾宴上车的地方，那里空荡荡的，哪里还有人影？

“你就这么把人送走了？”都不去个机场什么的？

“又不是以后见不到了。”任苒牵着种花和沾沾，它们两个如胶似漆，这会儿拽都拽不动，任苒干脆把绳子交给龚屿汐，“你来。”

他乖乖接过来，想了想，总算是反应过来：“那……那肖瑾宴的那个儿子，就是、就是……”

“嗯。”任苒像是知道他要说什么一样，点了点头，“就是龚玥生的。”

见他微微睁大了眼睛，任苒抿唇笑了一下：“不过没事了，当事人都不觉得有什么，我们这些外人当然更加不觉得有什么了。”

唯一的那点不甘心都消弭在了岁月和人事中，谁还会记得那些？

龚屿汐张了张嘴：“那……”

“肖瑾宴这次回来，就是想看看龚玥的。他一直不太能接受被龚玥抛弃的事实，啧，”任苒跟龚屿汐在一起待久了，连口头禅都学会了，“男人嘛，不管性格再平和，但有些事关男性尊严的事情总是很难放开。”

“他以前一直不怎么敢回来的，这次终于打着看我的旗号回来看了龚玥一眼，总算是解了他的心结。”

“嗯？”龚屿汐表示对他们艺术人士的行为不太懂。只看了一眼就解开了心结？那这心结还需要记好多年吗？

这是什么心结？

“所以说你堂姐是个狠角色呢。世故精明，知道自己要什么，做出选择就不后悔。这样的人，怎么可能当着前任的面痛哭忏悔？肖瑾宴看到她毫不后悔——起码是表面上吧——还能说什么？人家都向前看了，他还揪着过去不放，反倒显得自己小气了。”

他那么努力，谁能说其中没有一星半儿让龚玥后悔的心思？可到头来，他努力他的，人家过人家的，好像一拳打在棉花上，力道被卸了大半。继续纠缠又有什么意义？

任苒边走边说道：“过了那么久，他也未必有多喜欢龚玥，只是不甘心。现在这阵不甘心也过了，那当然也没有什么了。”

“倒是那个孩子，”她像是突然想起了什么一样，转过头看向龚屿汐，“我们都没有提过，你堂姐想必也不想提，就……不要提了吧。”

过去就让它过去了，再翻出来，对大家都没有好处。

这个龚屿汐自然知道的。

但他还有个问题没弄明白：“那你呢？”

肖瑾宴看她是妹妹是女儿，那任苒自己呢？

她，有没有那么一刻，对那个男人，心生向往？

“我什么？”任苒反应过来，没好气地瞥了龚屿汐一眼，“我嘛，对我而言，他是带领我离开泥潭的人，也是带领我向上的人。我对他，如果真要说感情的话，孺慕之思更多一些。”

“孺慕之思……”龚屿汐憋着嘴，小声叨叨。

他心里十八年的陈醋坛子被打翻，酸得不行，即便任苒说了是孺慕之思，也酸得他五脏六腑都快化了。

任苒见他这样子，忍住笑意，故意做出一副高傲的样子：“是啊，仅仅只是孺慕之思罢了。当然了，我长这么大也不是没有喜欢过人——”

“什么？”龚屿汐的耳朵一下竖了起来，唯恐听漏了一个字。

任苒站在路灯下，转头向他看去：“嗯。那个人傻乎乎的，看起来精明，其实心思粗得不行。”

龚屿汐心里那个酸呀，嘴上还要干巴巴地说道：“哦，那那……那挺好的……”

“是啊，是挺好的。就是心眼大点儿就更好了，动不动就吃醋，真是难哄。”任苒看着他，眼中全是促狭。

龚屿汐一时没有反应过来，才点了一下头，立刻明白过来任苒说的是谁，眼睛一下亮了。

“苒苒，你刚才说什么？”

“没什么。”任苒转身就走。

龚屿汐连忙跟上：“你刚刚说的。”

“我说那个人小心眼醋劲儿大。”

龚屿汐不干了：“明明就说了，刚刚说你喜欢谁？”

“没。”任苒说得斩钉截铁，“我说我喜欢谁跟你有关系吗？又不是喜欢你。”

龚屿汐：“你说了，你明明说的就是我，你喜欢的就是我。”

他话音刚落，任苒就转过身，笑意盈盈地看向他。

路灯昏黄的光线打在她脸上，让她整个人有种复古的质感。

她好像是个从油画里走出的模特，因为灵机一笔，赋予了她活性，人像都真实灵动了起来。

龚屿汐早就知道她好看，但也从来没有为她的好看上心过。毕竟他也是个好看的人。

然而，此刻在路灯下，他才发现，任苒的好看，像是拥有杀伤力，杀得他丢盔弃甲、溃不成军。

就在龚屿汐被任苒的美貌所摄，兀自愣神的时候，任苒飞身过来，轻轻地在他唇上亲了一下。

随即，她翩然而去，声音远远传来：“龚屿汐，你还愣着干什么，赶紧跟上啊。”

沾沾连忙朝着任苒离开的方向撒欢追了上去，种花要去追女朋友，也连忙跟上。

临走前，种花看到龚屿汐还在那里愣愣的，相当鄙视地冲他抬了抬后腿，做出撒尿警告。龚屿汐连忙往后一撤，这才回过神来。

等他醒过神，大马路上空荡荡的，哪里还有任苒的影子？

Part 12
蜜桃甜又甜

“放开……放开……放……”

偌大的房间里，女孩子欲拒还迎的声音莫名撩人，一阵衣服摩擦声之后，气氛越发微妙，越发让人面红耳赤。

公寓内的两条狗狗仿佛也感觉到了。

种花转过头来，冲着沾沾“嘿嘿嘿”地笑了几声，沾沾害羞地低下头不敢去看，但身体不由自主地倾向了种花。

种花见状，连忙揉身上前，将沾沾扑倒。

沾沾挣扎了一下，最终还是顺从了。

另一边，任苒歪歪斜斜地躺在床上，一双眼睛里秋波潋滟，比往常不知道多了多少风姿。

她拍了一下躺在自己身上、恋恋不舍、不肯起来的龚屿汐，半嗔半怒地说道：“快点起来……”

声音娇娇软软，莫名有些撩人。

龚屿汐一听她这声音，更加起不来了，像用强力胶黏在她身上了一样：“不……我不想……”

“起来……”任苒想去推他，奈何自己力气太小，推了好几下都推不动。非但如此，龚屿汐此刻正是敏感的时候，被任苒推这么几下，越发躁动。

任苒顿时不敢再推他了，只盼望着好言相劝，能把他劝起来：“快起来……你这样让人看到了像什么样子……”

“这大晚上的又是在你家，谁来看我？”龚屿汐抱住她摇了摇，“苒苒……”

呵，还撒上娇了。

任苒第一次知道，原来铁汉如龚屿汐也有这样的一面。

她有点后悔叫这个人上来了，但她怎么知道龚屿汐早就暗藏狼子野心，就等着登堂入室？

“不行……”任苒被他压着，浑身软了半边，连抵抗都非常无力。她又推了推龚屿汐，对方依然纹丝不动，“不行……有人看着呢……”

“谁？”龚屿汐猛地回头，客厅里两条正在亲热的狗狗听到他的声音，立刻惊起。种花连忙带着沾沾躲到一旁去，表示把场地腾出来给他们，自己亲热自己的去了。

龚屿汐转过头来，目光灼灼地盯着任苒："好了，现在别说人了，就是狗都没有了。"

他低头亲了一下任苒的嘴角，央求道："苒苒……苒苒……苒——"

"行行行……"任苒被他烦得没办法，总算是松口了。

一听她答应了，龚屿汐整个人都好像充满了光一样，眼睛亮晶晶的。

任苒忍住去摸一把他脑袋的冲动，眼睛到处在室内乱瞟："可……可我也没有那什么……"

"好办。"龚屿汐立刻从她身上起来，"我去买。"

他说着就去穿外套，穿着穿着琢磨出几分不对劲儿来："你该不会是想趁此机会把我赶走吧？"

"哪能呢。"任苒眼睛不敢看他，低垂着双眸，两颊红红的，口是心非地说，"你就是见坏人太多了，多疑。"

"那你到时候把门一锁，把我锁在外面，我能把你怎么办？"龚屿汐不由分说地一把将她从床上提起来，"不行，你得跟我一起下去。"

"龚屿汐，你怎么这样？"任苒在他手中挣扎起来，"大晚上的我才不想下去呢。"

"那行，我叫个跑腿的。"他掏出手机，打算叫人把东西送上来。

任苒一见他真的要下单，唯恐自己的脸被他丢尽，连忙扑过去，一把抢过他的手机："你怎么这样？龚屿汐，你快把手机给我放下……你放下……"

龚屿汐扬起手，仗着自己的身材优势，死活不让任苒拿到手机。

任苒见了，不由得着急地说道："行了行了，我答应你，跟你一起下去。”

这还差不多。

龚屿汐奸计得逞，一把揽住任苒的肩膀，带着她就要往外冲。

然而才走了两步，手里的电话就惊天动地地响了起来。

龚屿汐拿起来一看，电话屏幕上“卢飞宇”三个大字正在乱跳，他想起卢飞宇做的那些丧德败行的事情，想也没想就直接把电话给挂了。

任苒从来没想到，有朝一日卢飞宇居然还能救她一命，连忙说道：“他这个点来找你是不是有什么事情？”

龚屿汐一听也觉得是这个道理，正打算重新给卢飞宇拨过去，他的电话又响了。

龚屿汐将电话接起来，劈头盖脸便是：“你最好是有什么重要的事情，要是让我知道你又因为一些鸡毛蒜皮的事情来找我，你等着瞧。”

“什么鸡毛蒜皮？出事了。”卢飞宇的声音从电话那头传过来，“刚刚审讯有新发现。上次我们打掉的那个传销集团，他们头目的踪迹出现了。或许可以趁此机会一举找出来，你赶紧过来。”

龚屿汐听到这个消息，精神立刻为之一振，转过头来对任苒说道：“我单位还有事情，现在要马上过去。”

任苒点头如捣蒜：“知道知道，你快去吧，为人民服务要紧。”

她越是识大体，龚屿汐就越是郁闷。

他一腔怨气无处发泄，快把自己憋成了个葫芦，只能伸手，恋恋不舍地摸了摸任苒的脸颊。就在任苒想着要不要给他个爱的拥抱时，他却猛地抱住任苒，在她脸上狠狠亲了一口：“等我回来。”说完便转过身大步离开。

任苒在背后目送他远去，长长地松了口气。

这年轻男人躁动起来真的不得了，幸好他事情多，工作忙，才让自己躲过了这一劫，就是不知道下次还会不会有这么幸运。

不过……

任苒唇边的一丝笑容怎么都藏不住。

其实她或许可以期待一下呢。

她转过身，哼着小曲走回家，原本正在角落里亲热的种花听到她回来了，浑身一颤，下意识地抬起头来。

任苒原本还想着龚屿汐，可种花动作太大吸引了她的注意力。一人一狗的视线在空中交织对接，种花下意识地将身体靠近了墙壁，浑身的毛都竖了起来。

任苒后知后觉，心思总算是从龚屿汐身上回来了，见到种花这副样子，她愣了一下。随即，她像是想起了什么，连忙三步并作两步地走到它面前。原本是想揪住它脖子上的项圈的，但手伸到一半，她又悻悻缩了回去。

不过这也不妨碍她发挥。

“好你个种花，人家沾沾现在这个样子你居然还要……”她说不下去了，“你给我离它远点儿。”

她目光如刀，将种花从头到脚打量了一番：“你别以为你现在当了公务员，我就一定会同意你跟沾沾在一起。你的本性不改变，别说你当公务员，就是你成世界首富，我也不待见你！”

种花知道面前这个女人虽然貌美，但跟外面那些动不动就觊觎它的年轻女孩子不一样。

如果是她们，自己或许在地上打个滚，卖个丑萌，就把她们给俘获了。而面前这个女人心如铁石，意志坚定，并不把自己的美色放在眼中，它对付其他女孩子的手段，在任苒面前根本起不了任何作用。

更要命的是，这个女人还是它爸爸的女朋友。

它爸爸是谁？

是掌管着它下一顿是吃二师兄还是牛魔王的人，是管着它工资、决定它是住独栋别墅还是集体通铺的人。

它爸爸对它而言已经相当不得了了，这个女人更不得了。她是掌管它爸爸一切的人。

上级的上级，那是绝对的上级，它能怎么办？

种花觉得自己弱小无助又可怜，它轻轻“嗷呜”了一声，用表情和声音告诉任苒，它对沾沾是认真的。

任苒根本不把它这点小花招放在眼里。

她冷笑一声，一把牵起旁边期期艾艾看着自己的沾沾，冷酷无情地对种花说道：“行了，我不是龚屿汐，不会跟你站在一条线上的。别以为卖个萌我就容忍你了，做梦。”

她说着，牵起沾沾朝自己房间里走去。

开玩笑，龚屿汐都不在，凭什么它们能谈恋爱？

她谈不成恋爱，这两个家伙也不行。

“行了，那我先走了啊。”龚屿汐将任苒拉过来，在她唇上亲了一下。

他洗了个澡，将身上的油污和烟味儿洗去，勉强有了个人样。

任苒点点头：“去吧去吧。你妈妈下午约我出去逛街。”

“好。”龚屿汐一去就是好几天，除了中途回来换过一次衣服之外，跟任苒连个电话都没空打。她倒也不闹，反正龚屿汐这一去，肯定没心思垂涎她了，她也正好可以腾出手来，把手里的工作完成一部分。

见她这么乖，龚屿汐那天晚上之后就一直没死的贼心又有点蠢蠢欲动，低声在任苒耳边说：“其实，也不是不可以现在就……”

“龚屿汐。”任苒对他瞠目结舌，“你们男人不是很在乎时间吗？你为了……连面子都不要了？”

她本来是想让龚屿汐打消这个念头的，谁知道他不知道想哪儿去了，脸上颇有些尴尬，轻咳了一声，说道：“那什么，我知道不行，我对我自己的实力还是有相当清楚的认识的。”

他站起身来：“好了，我真的走了。”

走了两步，他又像是想起了什么一样，转过身来说道：“对了，你跟我妈逛完街早点回来，一个人不要在外面逗留。”

他想了想，把后面那句“我们上次抓的那个传销集团跑了个犯罪嫌疑人”给咽了下去。这种事情，不常发生，还是不要先说，让任苒白担心了。

任苒点点头：“我知道。”

龚屿汐想了想，又嘱咐道：“僻静的地方少去，最好有人陪你，没人狗也行。你出门带上种花，它虽然不中用，但好歹不能让它一天到晚都吃干饭，多少还是要做点事情。”

种花听到龚屿汐又在说它，即便跟女朋友共处一室也没能亲近，现在很毛躁的它不高兴地“嗷”了一声，强烈要求龚屿汐不要再在任苒面前下它的面子，免得它将来真的娶不到媳妇儿。

龚屿汐蹲下身来，拍了拍它的脑袋。

“好好保护你妈妈。”他凑近了种花，小声说，“能不能打动你未来丈母娘和妈妈的心，就看你这段时间怎么表现了。”他抬起身子，“机会已经给你了，就看你能不能把握了。”

种花“嗷——呜——”一声，立刻站直了，表示已经接到龚屿汐的指示，将严格按照他的要求去执行。

为了媳妇儿！

龚屿汐看到它这样，相当满意，又把任苒拉过来狠狠地亲了一下，这才真正走出了家门。

和龚屿汐的妈妈吃完饭之后，任苒就回了家。

虽然龚屿汐走之前是想把种花留着陪她的，但任苒不会忘记这条狗以前是多么的恶行昭昭，沾沾如今正是特殊时期，她绝对不会允许种花亲近沾沾的。

尽管她已经严防死守，就是架不住种花鬼鬼祟祟，逮着机会就去跟沾沾亲近。

任苒出去扔个垃圾，走了两步，又回过头来看向角落里的两条狗狗。

她目光跟探照灯一样，种花刚刚把头伸过去，一感觉到任苒的目光，就连忙撤了回来。

任苒对自己给种花造成的威慑非常满意，见它端坐在一旁目不斜视，好像一座雕塑一样，连大气也不敢出，顿时心满意足，提着垃圾就要出去。

听到她要走，种花眼珠子转了转，放松下来，又朝着沾沾探过头。

然而，就在种花做出这个动作的一瞬间，任苒又再次猛地回过头来。种花反应极快，连忙将前爪放在脑袋底下，头一垂，就那么闭目养神起来。

任苒挑了挑眉，拉开了门。

开门的声音传来，被任苒吓了几次的种花总算是放下心房，笃定任苒已经离开了，连忙就要往沾沾面前凑去，逮着这短暂的机会跟它好好亲热一番。

谁知，它的头才刚刚探过去，面前就多了道阴影。

任苒拎着垃圾，站在种花面前，冲它冷笑道："我就说你没有这么乖，果然是装出来骗我的。你们这些渣男，就是喜欢骗人。"

她说着，伸出手揪住了种花面前的项圈，种花在她手底下"嗷嗷嗷"地叫唤起来，她不为所动："别以为龚屿汐把你放在我这儿，你就可以为所欲为。我告诉你，不行！

"沾沾马上要生小孩了，要是因为你毛手毛脚的，让它有个什么三长两短，你看我不扒了你的皮。"

所以说这些男的就是不体贴，沾沾即将临盆，肚子大成那个样子，它居然还要依着自己的兴趣来。

渣男！

任苒鄙视地看了种花一眼，用眼神告诉种花，但凡是不尊重女性的，都该鄙视。

沾沾可能是快临盆了，这些日子性情有些暴躁，任苒也没把它关起来。正是因为如此，才给了种花可乘之机。她怕两条狗狗在家里玩闹，伤害到沾沾，因此才一直不让种花靠近它。

没想到这条渣狗简直把“阳奉阴违”四个字深入贯彻到了骨髓，自己前脚才刚走，只是一个眨眼没守着，它居然就打起了沾沾的主意。

这让任苒如何还敢把它们两个留在一起？

“走，跟我出去。”任苒揪住它的项圈儿，把它往外拖。

种花在任苒手里立刻挣扎了起来，这会儿任苒也顾不上害怕了，死活要把它往外带：“继续留你在这儿，万一出了纰漏沾沾怎么办？”

种花像条鱼一样，在地板上不停地跳动，任苒被它跳了一脸灰，见依靠自己的力量没办法把它拖出去，干脆对种花警告道：“你再跳，我马上打电话告诉你爹。”

这话比什么都有效，种花立刻由一条活鱼变成了死鱼，趴在地板上不敢动了。

见龚屿汐余威犹存，任苒非常满意，拖着种花就朝门外走去。

种花刚刚洗干净的毛又在地板上摩擦了一遍，见它大有成为狗形拖把的趋势，任苒忍不住说道：“你也别那么丧，要不是你之前做事情太不靠谱，我也不会这样做。”

她按下电梯，带着种花进去：“再说了，沾沾现在怀了孩子，你就算要亲热，也得等它孩子生下来再说。”

自从实行垃圾分类之后，垃圾桶就挪到了底楼，每次扔垃圾都要专门下去。

种花听了她的话，趴在电梯光滑的地板上“嗷呜”了一声。

它算是看出来了，这些两脚兽狡猾得很。说什么“再说”，其实就是“再也不说”。它这个丈母娘，从一开始就没打算把女儿嫁给它，真是气死它了。

“叮——”

一楼到了。

任苒拉着种花一起出来，走到放垃圾桶的地方，将垃圾一扔，正要离开，种花却不由自主地坐了起来。

好像……有什么不对……

种花不安地低声嗷呜着，喉咙里发出警告的低吼声。任苒被它这样子吓了一跳，多看了它两眼：“你怎么了？”

种花不吭声，一双乌溜溜的大眼睛盯着任苒，任苒被它看得浑身发毛，下意识地环顾四周：“怎么了？”

见种花不说话，她忍不住拍了种花一下：“你别故意吓我——”

“啪”的一声。

话音刚落，垃圾间的小灯就熄灭了。

任苒吓了一跳，正要牵着种花赶紧离开，可是眼前一道风朝她扑来，任苒下意识地感觉到不对，连忙侧身一躲，恰好避开那道风。

有人！

“谁？”任苒贴紧了墙壁，只有这样，她才能觉得多少有点安全感。

此刻眼睛已经适应了小隔间里的光线，不远处的确有个男人的轮廓。任苒吸了口气，勉强让自己镇定下来：“你是谁？如果要钱，我可以给你，你放我回去，钱立刻送上。”

“哈。”像是听到什么好笑的话一样，那个男人冷笑一声，操着一口任苒不太能听明白的乡音，“谁稀罕你那点钱？要不是你男朋友，我这会需要你那些钱？”

她男朋友？

龚屿汐！

任苒仿佛明白了什么，她连忙说道：“是我男朋友得罪了你，你找我干什么？我一个女孩子——”

她话音未落，突然就想起了什么，下意识地睁大眼睛：“你是我男朋友他们正在调查的那个案子的主要犯罪嫌疑人？”

对方没有否认，直接说道：“没办法，谁让你男朋友逼得我走投无路？从本市到隔壁市，再从隔壁市到本市，我在他手底下就像条丧家之犬一样，被他赶来赶去。凭什么他可以拿我们的命去建功立业，我们就要像老鼠一样被他赶着跑？”

任苒对他这种觉悟都无语了，难不成他们这些作奸犯科的还打算拿个大喇叭到街上去招人眼吗？

怪不得龚屿汐的妈妈总觉得他难找对象。要是警察家属都成了高危职业，那跟他相处的确是要考虑一下的。

任苒心里一时之间各种槽点，不知道该如何吐起，只能暂且放平心态，仔细分析面前的情况：这人不知道蹲点多久了，今天还专门把电断了，就是不想让人看到他，但还好，他们这个小区还算安全，应该过不了多久就会有人发现停电了。

她现在要做的，就是跟这位大哥拖延时间，等到物业的人来救她。

思及此，任苒心平气和地说道："是我男朋友抓你又不是我，你找我算什么？我男朋友也没有迁怒到你老婆孩子身上啊——"

"迁不迁怒的有什么区别？"她话没有说完，就被这个男的一声暴喝打断了，"难不成，我现在这样子还有机会回去看我的老婆孩子吗？反正这辈子也见不到了，我先杀了他的老婆，把本赚回来再说。"

他说着握紧了刀子，朝着任苒身上扎过去。

那一瞬间，她浑身的血液都好像停止流动了一样，她这才知道，原来人在极度害怕之下是真的什么反应都做不出来的。

眼看那把刀就要扎到她身上来了，一个毛茸茸的东西猛地弹起来，用力把自己的身体打在了那个男人的脸上。

他猝不及防："什么东西？"

种花轻巧落地，"嗷呜"一声，威风凛凛地告诉他：是你种花大爷。

本来还以为是任苒扔出了个什么生化武器，结果闹了半天原来是条狗，那个男人顿时有种自己被愚弄了的感觉，怒道："什么玩意儿！"

他说着，一脚踹向种花。种花轻巧一挪，之前在训练场上挥洒下的汗水此时总算是有了价值。它躲开那个男人的脚，一边叫着一边朝他的腿上咬去。

任苒趁机提起垃圾桶，一边将里面的垃圾往那个男人身上砸去，一边大声叫道：“救命啊救命——快来人哪，救命啊——”

那个男人没想到一个女孩子和一条狗居然这么难缠，顿时怒不可遏，当即不再管种花，朝着任苒挥出刀：“找死！”

“啊！”

龚屿汐今天一直不怎么安心，连带着卢飞宇跟他插科打诨他都没什么精神。

“……就这样吧，先把报告写了，等下再改。”卢飞宇看了一眼旁边一直不在状态的龚屿汐，一巴掌拍在他肩膀上，“龚屿汐，自从你恋爱之后你就堕落了，现在也不跟我们这些光棍打成一片了，天天想你女朋友——”

“什么？”龚屿汐抬起头来，“我女朋友怎么了？”

卢飞宇无语。

敢情他刚才说了那么多，在龚屿汐耳朵里，还没有“女朋友”三个字来得明显？

卢飞宇正要痛斥他离开群众、故意扎心，龚屿汐就皱眉说道：“我今天总觉得有什么不对。”

卢飞宇：“你改行当算命的了？”

龚屿汐站起身来，拿着电话到了一旁。

微信上最后一条消息是任苒提醒他按时吃饭，还是一个小时以前发的。龚屿汐见了，会心一笑，瞬间觉得也没有那么疲倦了，他从通讯录里翻出任苒的名字，拨了过去。

电话响了好长一段时间都没有人接，龚屿汐心里那种不安越发浓重了。铃声响完，龚屿汐不死心，又拨了过去。这次，电话响了几声就被人接了起来，龚屿汐连忙问道："苒苒？"

"嗷嗷，嗷呜……"电话那头传来两声意味不明的声音，龚屿汐脸色微变，"沾沾？"

卢飞宇还在办公室里，等着龚屿汐打完电话回来就好好教训教训他，让他知道什么叫不要脱离群众，他们大队绝大部分人都是光棍，凭什么龚屿汐一个人先脱单……谁知道片刻之后，龚屿汐就回来了。

龚屿汐将桌子上的东西一收："我回家一趟。"说完也不等卢飞宇回答，便头也不回地离开了。

"救命……救命……"任苒躺在地上，看着小腹上的血，有些眩晕。

她一直平安顺遂，从来没有受过这种伤，流血一多，就浑身发冷。种花围在她面前，满身警惕地看着那个男人，倒让他一时之间不敢过来。

任苒强撑着身体，慢慢朝外面爬去："救……救命……"

"还敢走？"那个男人拎起刀子，就要再往任苒身上扎去。

眼看着她避无可避，种花弹跳起来，想要故技重施，谁知那男人早就猜到，奸猾性格显露无遗。他一脚踹在种花身上，种花重重跌倒，试了几次想站起来，都失败了。

它身上也挂了不少彩，那个男人刚才那一脚踢得相当重，任苒的心都忍不住跟着一颤，下意识地叫出口：“种花！”

种花趴在地上，翻起眼睛朝任苒看了一眼，低声呜咽着。

今天晚上的它，着实让人刮目相看。

任苒转过身来，勉强支起身体，长发跟鲜血混在一起，狼狈极了。但现在她顾不上那些，她倒吸了口冷气，脸上却依然挂着冷笑：“有本事去找警察啊，找我……找我算什么？”

那个男人冷笑一声：“不找警察，我偏找你。”

任苒终于坐起来，一边不动声色地拉过垃圾桶，一边冷笑着说道：“垃圾——”

说着，她用尽全身力气，把垃圾桶扔了出去。

“砰！”

刚刚到地下车库的龚屿汐听到这个声音，心里就忍不住跳了一下。他连忙找出物业电话，边走边说道：“我是你们这里的业主，你们什么地方停电或者监控突然看不到了……我也不知道……你们不能找找吗？肯定有什么地方出事了！快去找！快去——”

走到某处电梯口，他脚步猛地一顿，原来是沾沾不知道什么时候下来了。也不知道它是怎么进的电梯，直接就被送到了底楼。

见到龚屿汐，它连忙跑出来，跟他会合。

龚屿汐只觉得此刻一颗心悬在半空中，越发觉得偌大的底楼寂静得令人不安。

他仔细回想着刚才那声巨响是从什么地方发出来的，掏出枪，叫着任苒的名字："任苒？任苒！"

沾沾吸了吸鼻子，一股在它闻来十分明显的血腥味儿扑鼻而来，它立刻"嗷嗷"叫着，用嘴叼住龚屿汐的裤脚，拖着他往小隔间走去。

龚屿汐不敢托大，毕竟沾沾不是专业警犬，他们也没有合作过，只能一面弓着身子提防着，一面跟着它往小隔间走去。

不远处，对峙的两人一狗也听到了龚屿汐的声音，任苒脸上露出一个苍白的笑容："你跑不掉了——"

"我就没打算跑掉！"那个男人说着，举起刀对准了任苒身上的要害处。

"砰！"

又是一声重物坠地的声音，接着，"嗷呜"一声呜咽，一条带着鲜血的狗狗从小隔间里飞了出来。沾沾见了，飞奔上前，直冲那人身体咬去。龚屿汐反应极快，趁着沾沾飞扑过去，一脚踢在那人膝盖上："警察！"

那人被他踢得"扑通"一声跪了下来，膝盖在地上发出好大一声重响，而他到了这种时候还不死心，依旧对任苒举起了刀子。

龚屿汐冲过去，一把扣住了他的手臂，强行将他扳正了过来。

"啊？在这里在这里，快来人快来人……"身后传来物业兵荒马乱的声音，"报警！快报警！哦对了，还要叫救护车，打120，通知刘经理，出大事了！"

见有人来了，龚屿汐把那个男人扔给他们，自己连忙上前。他想抱起任苒，然而手举到半空中，又不敢动她，只能犹豫着放下，在她耳边轻唤道："苒苒？任苒？"

好像有人在叫她，任苒微微睁开眼睛，只见龚屿汐穿着一身还没来得及换下的警服跪在她面前，她努力睁开眼睛，冲他露出一个苍白的笑容："免礼……平身……"

沾沾呜咽着看了看她，又看了看躺在地上已经没有声息的种花，不知道该如何是好。

任苒抬起手，轻轻摸了摸沾沾毛茸茸的脑袋，小声说道："去吧。"

它深深望了一眼任苒，犹豫片刻，最终还是没有回到种花身边。

任苒见了，轻轻叹了口气，张了张嘴，跟龚屿汐说道："种花……很英勇，要不是它，我等不到你……"

龚屿汐顺着她的目光看向种花，轻轻叹了口气。

种花虽然好吃懒做、好色小气，但在关键时刻，总算是发挥了作用。

龚屿汐伸出手来，轻轻握住任苒的手："放心吧，种花……我会好好安葬的——"

他话没有说完，任苒就再也支撑不住，晕了过去。

"轻点儿轻点儿。"任苒一边指挥着龚屿汐将自己放下，一边眼睛都舍不得眨一下地看着保温箱里刚刚出生的四条小狗崽，"你看它们，都没有几根毛……好嫩啊，我们生下来是不是这样的？还有，都是粉色呢……哦哦哦，那条耳朵上面有点花……一下来四条，名字都取不过来了……"

沾沾已经慢慢恢复了一些，听到任苒这么说，它"嗷呜"了一声，十分害羞地告诉任苒，又要麻烦她了。

任苒不再那么怕狗狗了，伸出手来，轻轻摸了摸沾沾的下巴，它舒服地眯起眼睛，在软榻上打了个滚儿。

她身上的伤还没好，龚屿汐也不敢让她多接触沾沾，唯恐碰到伤口。

任苒却没有注意到这些，她现在看着那几条小狗崽，觉得新奇极了。

“等沾沾好了，就要送它去结扎。这么生下去可不行……”她正说着，突然又像是想起了什么一样，“对了，种花呢？它怎么不来看它崽崽？”

话音刚落，病房的门就被顶开了。

一条扎着大红头花、顶着个大背头金色假发的狗崽子迈着猫步走了进来。它相当满意今天的造型，即便是腿上还有石膏，也不妨碍它嘚瑟。

它一进来，任苒和龚屿汐就呆住了。

龚屿汐看了看它，又看了看任苒，像是不敢相信一样，发出了灵魂拷问：“它……这段时间，是去泰国住院了？”

不用说，这肯定又是卢飞宇的手笔。

自从他知道龚屿汐恋爱之后，碍于自身现实条件，不能让任苒抛弃龚屿汐跟他走，于是就想尽办法，各种挑拨各种示好，企图将龚屿汐身边的人和狗全部划到他的麾下，以此来达到他不可告人的目的。

受此行为影响最大的，就是在垃圾隔间中战功卓著的种花。

那天，龚屿汐看到战况那么惨烈，真的以为种花不行了，谁知道就在他把任苒送上救护车之后，不死心又回去看了它一眼，这才发现它还有气，连忙叫了宠物医院的人过来，把它也送走了。

幸好有它，任苒虽然被扎了两刀，但没有伤及要害。种花伤情就要重得多，多处骨折，养了好些天才好点儿，连沾沾临盆都没能来陪。

种花不想理他。对于一个搞不清它究竟是死了还是没死就打算把它埋了的人，它是不会有什么好脸色的。

经过垃圾隔间一役，它声名远播，连丁局都知道了它的英勇事迹，而这个龚屿汐，寸功未立不说，还打算把自己给埋了，这是对一个功臣应该有的态度吗？就算他是自己的衣食父母，也不可原谅。

现在局里打算当它爸爸的人很多，种花思考了一下，要是这个两脚兽依然这么放肆，它或许可以考虑换个爸爸。

当然，以种花大爷的宽宏大量，一般情况下，是不会跟这个愚蠢的人类一般见识的。

它撅起腚，努力不让动作碰到下半身的西裤，轻轻一纵，跳上了床。

沾沾见到种花，脸上露出一个甜甜的笑容，连忙将脸凑了上去，跟种花亲热地凑在了一起。

种花吭哧吭哧，努力用前爪从胸前那堆乱毛里扒拉出一个圆圆的牌子来，骄傲地挺起了胸膛，用尽全力把它得到的荣誉拿给沾沾看。

龚屿汐一见就乐了，手欠地翻起来一看：“哟，还二等功——”

话音未落，就被种花一爪子给打掉了手。

它转过身，将那块金牌全方位三百六十度向沾沾展示，沾沾见了，眼睛立刻含情脉脉起来。龚屿汐就不服气了，转过身来对任苒说道：“你看它……”

这次任苒也不会站在他这边，她轻轻地拍了一下龚屿汐的手，示意他跟自己出来："它们也有段时间没见了，就让它们待一会儿吧。"

任苒现在看种花，是丈母娘看女婿，越看越顺眼。

警犬队是有专门给警犬准备的立功奖牌，外面包了层金灿灿的锡纸，里面是狗粮饼干。种花未必发现了里面是什么，但看到它一脸急切地跟沾沾炫耀，想来也知道那是个好东西。

龚屿汐推着任苒从病房出来，突然就笑起来："说起来，也不怪种花看不起我，的确是我没有保护好你。"

那天，肖瑾宴离开时，问他愿不愿意接着任苒，他说的那些豪气干云的话还言犹在耳，没想到这么快就被打脸了。

那个时候，他跟肖瑾宴承诺："但凡我有，无所不予。"可是他连最起码的安全都没能保障。

难怪那个时候肖瑾宴神情淡然了许多。

因为他的回答，并不是肖瑾宴想听到的。

任苒知道他有心结，伸出手来轻轻捏了捏他的耳垂——她很喜欢这个动作。她笑着说道："想哪儿去了，我们谁也不想遇到这样的事情，何况这毕竟是意外。"她转移话题，"我刚刚听到卢飞宇跟你打电话，那个案子怎么样了？"

"首犯已经交代，在走公诉程序了。"龚屿汐蹲下身来，跟任苒平视，"这个传销集团，我们追踪了很久了，有不少受害者，他们也逼死了不少人，好多人身上都有血案，走起程序来，没有那么容易，可能又要加很长一段时间的班了。"

任苒佯怒："又加班？那算了，还是不要原谅你了。"

龚屿汐却笑起来:"任小姐大人有大量,就请不要跟我一般见识了。"

他顿了顿，说道："等你这段时间休养好了，我下个单。"

任苒一下没有反应过来："下什么单？"

"我想请任小姐帮我做对娃娃，婚礼上用，娃娃原型嘛，就是我女朋友和我了。"龚屿汐眼角眉梢都带着几分促狭，"不知道任小姐愿不愿意接。"

任苒抿唇："接倒是没有什么问题，不过……龚警官你好像还没有求婚啊，你确定人家愿意嫁给你吗？"

"怎么可能忘？"龚屿汐从兜里掏出个东西，拉过任苒的手，将自己拳头放在她手上，一双明亮的眼睛里全是笃定，"我发誓，凡我警徽所在，必护你一生平安。"

任苒手心轻轻一重，一枚带着余温的警徽就落在了她掌心。

任苒抿唇笑起来，抬眼看向龚屿汐："那以后，龚警官可要多操心了。"